Red Geller

Geheimplan Lemuria

DAS SCHLOSS-TRIO

Pelikan

ISBN 3-8144-1708-9

Gesamtleitung und Textredaktion:
AVA GmbH
Umschlaggestaltung: strat + kon, Hamburg
Innen-Illustrationen: Solveig Ullrich
Gesamtherstellung: Clausen & Bosse, Leck
Printed in Germany
Auflage 15 14 13 12 11 10 9 8 7 6 5 4 3 2 1

Inhalt

RANDOLPH RITTER (RANDY)

Eigentlich heißt er Randolph. Diesen Vornamen haßt er. So wurde aus Randolph eben „Randy". Randy ist sechzehn, geht aufs Gymnasium, ist ein mittelprächtiger Schüler und kommt immer gut mit. Sport gehört zu seinen Lieblingsfächern; danach kommt Mathe, die Begabung dafür hat er von seinem Vater geerbt. Randy hat auch schon Kampfsportarten trainiert. So kann er auch etwas Karate. Er ist ziemlich groß, ohne schlaksig zu wirken. Sein Haar ist dunkelblond, manchmal mit einem Stich ins Braune. Seit seiner Geburt hängt ein Muskel am Mundwinkel schief, so daß es aussieht, als würde Randy immer grinsen, was die Lehrer schon manchmal auf die Palme gebracht hat, besonders dann, wenn sie neu waren und ihn noch nicht kannten. Randy ist da, wo „Action" ist. Langeweile kennt er nicht. Er kann sich auch beschäftigen, ohne vor der Glotze zu hocken. Am meisten ärgert er sich über Ungerechtigkeiten. Ob in der Schule oder im Leben: Er setzt sich stets für die Schwachen ein, was ihm nicht selten auch Ärger einbringt.

TOSHIKIARA (TURBO)

Toshikiara ist Japaner und Randys Freund. Da er einen Namen hat, der schlecht auszusprechen ist, wird er kurz „Turbo“ genannt. Turbos Eltern sind verschollen. In Japan besitzt er keine engeren Verwandten mehr. Die Familie Ritter hat sich deshalb entschlossen, ihn bei sich aufzunehmen, worüber sich natürlich Randy – der ein Einzelkind ist – unwahrscheinlich gefreut hat. Turbo besucht eine deutsche Schule. Die deutsche Sprache hat er in Japan gelernt, unter anderem auch durch den Briefwechsel, den er und Randy geführt haben. Als Erbe seiner Eltern besitzt Turbo ein altes Samurai-Schwert, dem magische Kräfte nachgesagt werden. Dieses Schwert hütet er wie einen kostbaren Schatz. Er ist kleiner als Randy und trägt das schwarze Haar zu einer Bürste geschnitten. Seiner asiatischen Mentalität entsprechend, reagiert er eher bedächtig. Wenn es aber sein muß und darauf ankommt, ist der fünfzehnjährige Turbo voll da.

MICHAELA SCHRÖDER (ELA)

Michaela Schröder, auch „Ela“ oder „Möpschen“ gerufen – den letztgenannten Namen mag sie nicht –, ist die dritte im Bunde. Ela wohnt in unmittelbarer Nachbarschaft der Ritters; sie ist dunkelhaarig, trägt gern einen Pferdeschwanz, ist eine gute Judo-Sportlerin, in der Klasse irre stark in allen Fächern und liebt besonders ihren Rauhhaardackel „Biene“. Sie hat noch einen kleineren Bruder namens Michael. Ihr Vater arbeitet beim Bau. Ela ist Randys Freundin, auch wenn sich die beiden hin und wieder streiten, daß die Fetzen fliegen; das haben sie jedoch schon im Sandkasten getan. Michaela ist sehr neugierig und schafft es immer wieder, genau dort aufzutauchen, wo etwas los ist. Darüber kann sich Randy manchmal ärgern.

Ela, Randy und Turbo gehören zusammen. Diese drei Freunde bilden auch „Das Schloß-Trio“.

Red Geller

DAS SCHLOSS-TRIO
RANDY, TURBO & CO

Das japanische Schwert
Falschgeld auf der Geisterbahn
Gefährliche Agentenfracht
Die Mumie aus Kairo
Schreckensnacht im Landschulheim
Der Unheimliche mit der Goldmaske
Der Jenseits-Expreß
Geheimplan Lemuria

1. Fahrt ins Ungewisse

„Kann ich bitte eure Ausweise oder Pässe sehen, meine Herrschaften? Und habt ihr etwas zu verzollen?"

Randy Ritter und Susanne Nollen erschraken, als sie die dunkle Stimme des Schweizer Zollbeamten hörten. Er lächelte sie freundlich an, aber da er so unerwartet erschienen war, bekam das Mädchen mit den kurzgeschnittenen, blonden Haaren und den großen, braunen Augen doch ziemlich Herzklopfen.

„Moment", sagte Randy, der sich rasch wieder gefaßt hatte. Er griff in die hintere Tasche seiner Hose.

„Laßt euch ruhig Zeit, ihr beiden. Auf Ferienfahrt?"

Randy nickte. „Wir besuchen Verwandte."

„Wo denn?"

„In Kandersteg."

Der Beamte lächelte. „Das liegt im Berner Oberland. Eine wunderschöne Gegend. Besonders im Herbst."

„Das hat man uns auch erzählt." Randy war es endlich gelungen, die schmale Brieftasche hervorzuziehen. Seinen Ausweis hatte er schnell gefunden und reichte ihn dem Zöllner.

Der Zollbeamte studierte das Bild und verglich es mit dem Gesicht des sechzehnjährigen Jungen. Er schaute auf das dunkelblonde etwas widerborstig wachsende Haar, und er sah auch den Mund, dessen rechter Winkel ein wenig schief hing und dadurch den Eindruck erweckte, Randy würde ständig grinsen.

„In Ordnung, Randolph Ritter. Bitte sehr."

Der Junge bekam den Ausweis zurück und schluckte, weil der Mann ihn Randolph genannt hatte. Den Namen haßte er, jeder nannte ihn Randy, auch die Lehrer in der Schule.

„Nun zu dir, mein kleines Fräulein."

Susanne Nollen hatte ihren Ausweis schon längst hervorgeholt. Sie stand neben Randy, die Reisetasche zwischen ihre Beine geklemmt. Der Zöllner blickte auch sie ein paarmal an, und Susanne, die oft eine kesse Lippe führte, lächelte.

„Ihr habt alles ohne Schaden zu nehmen überstanden?" erkundigte sich der Zöllner.

„Wie meinen Sie das?“

Er gab Susanne den Ausweis zurück. „Die Notbremsung.“

„Ach so, ja, klar.“ Susanne warf Randy einen hastigen Blick zu.

„Ich auch.“ Randy sagte natürlich nicht, daß er die Notbremse gezogen hatte, und zwar um Schlimmeres zu vermeiden.

„Dann ist es gut."

„Werden wir viel Verspätung haben?" fragte Susanne.

Der Zöllner knetete sein Kinn. „Das kann ich nicht sagen. Mit über einer Stunde ist schon zu rechnen."

„Na gut. Jedenfalls kommen wir noch vor Einbruch der Dunkelheit an."

„Das auf jeden Fall." Der Mann tippte gegen den Schirm seiner Mütze. „Eine gute Reise noch."

„Danke."

Susanne und Randy schauten dem Mann nach, bis er in der Tür eines Abteils verschwunden war. Beide atmeten auf.

„Was ist?" fragte Randy.

Susanne lehnte sich gegen eine Haltestange. „Irgendwie habe ich ein komisches Gefühl gehabt."

„Ich auch."

„Ob der wirklich nichts gewußt hat?"

Randy zuckte mit den Schultern. „Ich glaube nicht. Sonst hätte er uns bestimmt Fragen gestellt. Schließlich habe ich die Notbremse gezogen."

„Und jetzt hat uns der Jenseits-Expreß wieder", sagte Susanne und schüttelte sich. „Wenn ich an den Namen denke, wird mir ganz komisch."

Randy gab keine Antwort. Er stand dicht vor der Wagentür und schaute durch das Fenster auf den grauen Bahnsteig. Die ganze Welt schien ihm wie grau in grau gemalt. Möglicherweise lag das aber auch an seiner bedrückten Stimmung, denn was er und Susanne Nollen hinter sich hatten, konnte man beim besten Willen nicht als normal bezeichnen.*

Es war eine unglaubliche Fahrt gewesen, und sie hatten noch längst nicht ihr Ziel erreicht.

Randy beobachtete die Menschen auf dem Bahnsteig. Manche hasteten mit Koffern und Taschen bepackt zu den Informationstafeln. Andere standen in Gruppen auf den Bahnsteigen, unterhielten sich, lachten oder riefen sich gegenseitig Bemerkungen zu.

* Siehe Schloß-Trio Band 7: „Der Jenseits-Expreß"

Züge rollten ein, fuhren wieder ab. Durchsagen schallten durch die Halle. Ständig wechselten die Szenen, was die Spatzen nicht störte, die ihren Weg in den Bahnhof gefunden hatten und auf den Bahnsteigen Krümel suchten, sie aufpickten oder mit ihrer Beute wegflogen.

All das war normal, es gehörte einfach dazu, doch für Randy zerrannen auch diese Bilder zu einem grauen Wirrwarr. Nur eines sah er deutlich:

Das kleine Schloß am Rhein...

Seine Heimat, das Haus, wo er mit seinen Eltern und Alfred, einem „Diener", lebte.

Und bei ihm zu Hause hatte alles seinen Anfang genommen. Es lag erst kurze Zeit zurück, aber Randy kam es vor, als wären mittlerweile Jahre vergangen, dennoch erinnerte er sich genau.

Begonnen hatte es eigentlich mit der Reise seines Vaters in die Schweiz. Dr. Peter Ritter hatte Alfred mitgenommen, weil es um eine Sache ging, die ziemlich prekär war. Dr. Ritter, der manchmal ein sehr geheimnisvolles und unruhiges Leben führte, hatte seine Familie nicht eingeweiht, und so waren Randy und seine Mutter vom Besuch jener beiden Männer, die eines Tages vor der Tür standen, völlig überrascht worden.

Sie hießen Schmidt und Meier. Bestimmt Falschnamen, aber das war nicht so wichtig. Jedenfalls hatten die beiden Männer Randy und seiner Mutter eröffnet, daß in dem Schloß eine Bombe versteckt war. Versehen mit einem Zeitzünder und zusätzlich an eine Fernbedienung angeschlossen, damit die Bombe auch überraschend gezündet werden konnte. Die Männer hatten nicht gesagt, auf welche Zeit der Zünder eingestellt worden war, aber sie waren mit ihren Bedingungen herausgerückt, die von Randy Ritter erfüllt werden sollten.

Es ging im Prinzip um zwei wichtige Dinge. Einmal um Dr. Peter Ritter und Alfred, die sich in Kandersteg befanden, und zum zweiten um den *Geheimplan Lemuria*.

Noch im Beisein der beiden Männer war dann der Anruf aus der Schweiz erfolgt.

Dr. Ritter hatte sich gemeldet und erklärt, daß er und Alfred sich in den Händen von gewissen Leuten befanden, sie waren

Gefangene. An Randy Ritter lag es nun, wie lange diese Gefangenschaft dauerte. Er sollte aus dem Tresor den *Geheimplan Lemuria* nehmen, sich in den Zug setzen und in Richtung Kandersteg fahren, wo er erwartet wurde. Von wem, das wußte Randy nicht, ihm blieb nichts anderes übrig, als den Wünschen seines Vaters zu folgen, und das machten ihm auch die beiden Fremden klar.

Randy war also gefahren, und schon wenig später war er im Zug einem Mann begegnet, der Krapka hieß, sich aber als der „Totengräber" bezeichnete. Dieser Mann behielt Randy im Auge, auch er wußte von dem Geheimplan und würde ihn sich früher oder später holen, wie er dem Jungen gedroht hatte.

Die Fahrt stand also unter keinem günstigen Stern. Wesentlich sympathischer war Randy da schon das Mädchen gewesen, das in Köln zugestiegen war.

Sie hieß Susanne Nollen und wollte ebenfalls in die Schweiz, um dort Verwandte zu besuchen. Susanne wohnte im Bergischen, östlich von Köln, wo ihre Eltern einen Reiterhof hatten.

Sie hatte sich zu Randy ins Abteil gesetzt und zwangsläufig erfahren, in welch einer Mission der Junge unterwegs war. Sie war nicht in Panik verfallen, sondern hatte sich sehr vernünftig gezeigt. Sie und Randy bildeten ein Team, das sich gegenseitig vertrauen konnte – so sehr, daß Randy ihr den Plan überlassen hatte. Niemand wußte bisher, daß Susanne Nollen den braunen Umschlag bei sich trug.

Im Speisewagen hatten die beiden dann einen Mann namens Jo Wilms kennengelernt. Angeblich war Wilms Detektiv der FEC, der Future Electronic Corporation. Auch er wußte von dem *Geheimplan Lemuria* und wollte ihn ebenfalls haben.

Das hatte Krapka auch gemerkt. Kurze Zeit später kam es dann im Speisewagen zu einem Zusammentreffen der beiden Männer, die sich kannten und sich feindlich gesonnen waren.

Randy und Susanne gerieten in eine lebensgefährliche Lage, aus der sie sich nur dadurch hatten befreien können, weil es Randy gelungen war, die Notbremse zu ziehen.

Dies war zwischen Baden-Baden und Freiburg geschehen. Auf freier Strecke stoppte der Zug.

Es war zu einem gewaltigen Chaos gekommen, das Randy und Susanne aber heil überstanden hatten. Sie konnten den Zug auch verlassen – und trafen draußen wieder Krapka, der Jo Wilms ausgeschaltet hatte und sich den Plan holen wollte.

Randy und Susanne war die Flucht gelungen, Krapka hatte das Nachsehen gehabt, und sie waren bis Freiburg per Anhalter weitergefahren. Eine gewisse Betty Lange, die einen feuerroten BMW fuhr, hatte sie mitgenommen und in Freiburg direkt am Bahnhof abgesetzt. Es war ihnen tatsächlich gelungen, den Zug noch zu erreichen.

Jetzt hatten sie in Basel einen etwas längeren Aufenthalt. Sogar ihr Gepäck hatten sie wiederbekommen, und den *Geheimplan Lemuria* trug Susanne Nollen noch immer bei sich.

Niemand von ihnen wußte, was der Umschlag verbarg. Sie rechneten mit Papieren, geheimen Unterlagen, denn Randys Vater, ein Ingenieur, arbeitete oft genug an Projekten, die den Stempel *Top secret* trugen.

Er war Privatwissenschaftler, und Randy wußte inzwischen auch, daß der Vater hin und wieder gefährliche Jobs für den Geheimdienst erledigte. Die Familie Ritter führte in der Tat ein sehr aufregendes Leben. Der Junge spürte, wie seine Augen brannten, und wischte darüber hinweg. An mögliche Folgen wollte er gar nicht denken, dieser Fall konnte mehr als schlimm ausgehen. Es lag jetzt an ihm, ob sein Vater und auch Alfred in der Schweiz freikamen.

Über Krapka, diesen Totengräber, wußte er inzwischen Bescheid, aber welche Rolle Jo Wilms in diesem Fall spielte, war ihm nicht klar. Er traute keinem, Susanne Nollen einmal ausgenommen. Und nicht einmal daß Wilms angeblich ein Industrieunternehmen vertrat, beruhigte Randy, denn diesen Firmenleuten traute er ebenfalls nicht über den Weg.

Es kam also auf ihn allein an.

Jemand tippte ihm auf die rechte Schulter. Randy drehte sich um und schaute in Susannes Gesicht.

„Was ist los mit dir?“

Er hob die Schultern. „Ich habe nur gerade daran gedacht, wie alles gekommen ist.“

„Kann ich mir vorstellen. Wir hängen ganz schön drin, wie?“

„Ja, und wir kommen nicht raus. Das heißt, ich nicht. Wenn du aber sagst, daß du von nun an...“

Sie legte ihm blitzschnell ihren ausgestreckten Zeigefinger auf die Lippen. „Kein Wort mehr, Randy. Ich werde bei dir bleiben, egal, was auch geschieht.“

„Und wenn es gefährlich wird?“

Sie lachte ihn an. „Kann es noch gefährlicher werden?“

„Na ja, ich weiß nicht...“

Susanne bückte sich und nahm ihre Tragetasche hoch. „Komm mit.“

Randy war noch etwas durcheinander, deshalb fragte er: „Wohin denn?“

„Zurück in unser Abteil. Ich habe keine Lust, die ganze Zeit über auf der Plattform zwischen zwei Wagen zu stehen.“

„Stimmt auch wieder.“

Sie durchquerten zunächst den Speisewagen, wo Randy die Notbremse gezogen hatte. Dort war einiges zu Bruch gegangen, doch fleißige Hände hatten mittlerweile alles aufgeräumt.

Susanne, die vorging, drehte sich um und lachte. „Da sieht man wieder, was geschieht, wenn Leute richtig arbeiten können. Wir haben bei uns auf dem Reiterhof auch mal so eine Sache erlebt, da sind auch die Fetzen geflogen. Das war bei einem Orkan, sogar eine Windhose ist durch unser Haus gerast.“

„Gab es Verletzte?“

„Nein, auch den Pferden ist nichts passiert. Die Ställe sind glücklicherweise verschont geblieben.“

Andere Reisende stiegen ein. Eine Gruppe junger Leute, die in den Bergen wandern wollte. Jedenfalls ließ ihre Ausrüstung darauf schließen.

Das Abteil, in dem Randy und Susanne gesessen hatten, war leer. Aufatmend ließ sich das Mädchen in den Sitz fallen. Susanne streckte die Beine aus. Sie trug eine grüne Cordhose, den blauen Anorak hatte sie ausgezogen. Jetzt tippte sie Randy an. „He, du Schläfer, lach mal wieder.“

„Worüber?“

„Daß wir es geschafft haben. Wir und nicht dieser komische Totengräber."

„Das ist nicht sicher."

„Hast du ihn denn im Zug gesehen?"

„Bisher nicht."

„Na bitte."

Randy beugte sich vor. „Dem traue ich nicht. Das ist ein Typ, der immer wieder auf die Beine fällt. Eine furchtbare Gestalt, mehr Monstrum als Mensch."

Susanne nickte. „Da hast du recht. Und der andere – Jo Wilms?"

„Den kann ich auch nicht so recht einschätzen."

Er hat eigentlich einen vertrauenerweckenden Eindruck auf mich gemacht", erklärte sie.

Randy mußte lachen. „Vertrauenserweckend? Wem kannst du hier noch trauen?"

„Eigentlich..." Sie hob die Schultern. „Wenn ich das so recht überlege, keinem."

„Genau."

„Du bist natürlich davon ausgenommen!" rief Susanne und rutschte auf ihrem Sitz unruhig hin und her. Sie starrte dann durch das Fenster und meinte: „Ich glaube, es geht los."

„Meinst du, daß wir gleich abfahren?"

„Bestimmt."

„Wieviel Verspätung haben wir denn?"

Susanne schaute auf die Uhr. „Über eine Stunde. Um fünfzehn Uhr sollten wir aus Basel wegfahren. Jetzt ist es schon sechzehn Uhr drei. Das wird knapp."

Davon war auch Randy überzeugt, doch er behielt es für sich. In diesem Augenblick hörten sie eine Lautsprecherstimme über den Bahnsteig hallen. Ihr Zug war gemeint.

Was die Sprecherin alles erklärte, konnten sie nicht verstehen, doch sie sahen, wie eine junge Frau auf den Zug zurannte und so rasch wie möglich einstieg.

„Es geht los!" sagte Randy.

„Gut."

Randy peilte noch einmal durch die Scheibe. Dabei ver-

drehte er den Kopf, weil er so viel wie möglich vom Bahnsteig sehen wollte.

„Suchst du wen?"

„Ja, zumindest Krapka."

„Den kannst du vergessen. Ich glaube kaum, daß den jemand mitnimmt, wenn er es als Anhalter probiert. So wie der aussieht..."

„Das würde keinen Taxifahrer stören."

Susanne bekam große Augen. „Ja, du hast recht. Daran habe ich nicht gedacht."

Randy räusperte sich und wischte einen Schweißfilm von der

Stirn. „Ist doch klar. Krapka will den Geheimplan Lemuria. Der setzt doch alles daran, um ihn zu bekommen. So ein Kerl geht über Leichen, das mußt du mir glauben."

Susanne nickte. „Ich habe mal eine andere Frage. Kannst du dir den Grund vorstellen, weshalb man deinen Vater und diesen Alfred in der Schweiz gefangenhält?"

„Nein, oder doch", verbesserte sich Randy. „Mein Vater muß den Plan entwickelt haben, und Krapka will ihn in die Finger kriegen."

„Stimmt. Nur eines noch. Deshalb hätte man dich doch nicht in die Schweiz zu schicken brauchen."

„Darüber habe ich auch nachgedacht."

„Und keinen Grund gefunden, wie ich dich kenne."

„So ist es."

„Weißt du denn", fragte Susanne, „wie es in Kandersteg weitergeht?"

„Null Ahnung..."

„Wir fahren!" rief Susanne und klatschte in die Hände. „Endlich. Himmel, darauf habe ich gewartet."

„Eine Reise ins Ungewisse", murmelte Randy.

„Na ja." Susannes Augen blitzten, als sie lächelte. Sie hatte den großen Schock überwunden. „Jedenfalls würde ich dir raten, die Notbremse vor allen Dingen dann nicht zu ziehen, wenn wir durch einen Tunnel fahren."

„Scherzkeks."

„Ach ja, Kekse. Ich habe noch welche. Willst du..." Ihre Stimme versiegte plötzlich. Das Blut wich aus ihrem Gesicht, so daß es aussah wie eine bleiche Maske.

Sie hatte zur Abteiltür geschaut, und auch Randy drehte sich jetzt um. Ihm fuhr der Schreck ebenfalls bis in die Zehenspitzen, denn hinter der Scheibe stand eine drohende Gestalt.

Krapka!

Der Totengräber war wieder da!

Er rührte sich nicht, hatte sich breitbeinig hingestellt, um die Schwingungen des Wagens abzufangen. Sein Gesicht glich tatsächlich einem Totenschädel. Die Haut war dünn, sie lag wie straff gezogenes Papier über seinen Knochen. Der Mund bildete einen Strich. Auch jetzt, als er grinste, waren die Lippen kaum zu erkennen. Krapka trug noch immer seine grauschwarze Kleidung. Auch seine Hände konnten sie sehen. Sie waren Randy schon damals im Speisewagen besonders aufgefallen, weil sie lange, dennoch kräftige und recht knotige Finger besaßen, auf deren Haut kleine, schwarze Härchen wuchsen, die stets zitterten.

„Jetzt möchte ich auf Melmar sein!" flüsterte Susanne.

„Wieso?"

„Da kommt Alf her."

„Hör auf..." Randy war nicht nach irgendwelchen Scherzen zumute, der Anblick des Totengräbers hatte ihn tief getroffen. Gut, er hatte damit gerechnet, den Kerl wiederzusehen, daß es jedoch schon so bald sein würde, war auch für ihn überraschend gekommen.

„Soll ich ihm den Plan geben?" fragte Susanne leise.

„Untersteh dich."

„Der hat doch eine Waffe..."

„Warte ab!" zischte Randy. Er hatte gesehen, wie Krapka seinen Arm anwinkelte und die Hand um den Türgriff legte. Hart griff er zu, bevor er die Tür mit einem Ruck öffnete.

Dann stand er vor ihnen, und diesmal nicht durch eine Scheibe getrennt. „Guten Tag", sagte er mit einer rauhen Flüsterstimme. Seine kalten Augen starrten in das Abteil. „So trifft man sich wieder."

Susanne hatte sich fest gegen die Rückenlehne gedrückt, während Randy wie auf dem Sprung dasaß. Keiner der beiden konnte auch nur einen Laut hervorbringen.

Am Fenster huschten die Industrieanlagen der Baseler Chemiefirmen vorbei. Sie würden bald die Vororte erreichen, und Randy dachte über den nächsten Halt nach.

Soweit er sich erinnern konnte, hieß die Stadt Olten.

„Freut ihr euch?" fragte Krapka.

Susanne verzog den Mund. „Sieht man uns das nicht an?"

Der Totengräber lachte und bewegte seine langen Finger derart ruckartig, daß die Gelenke knackten. „Herrlich deine

Antwort, wirklich. Ja, ihr freut euch, denn ich gehöre zu den Menschen, die man nicht so leicht los wird."

„Lassen Sie uns in Ruhe", sagte Randy.

„Das werde ich auch", erklärte er zur Überraschung der beiden. „Ihr könnt die Fahrt genießen. Bis Kandersteg dauert es nicht mehr sehr lange. Und dort, Randy, willst du sicherlich deinen Vater in die Arme schließen. Ob du das schaffst, liegt nicht allein an dir, sondern auch an mir. Du wirst gezwungen sein, mit mir zusammenzuarbeiten."

„Das weiß ich nicht."

„Keine Sorge." Krapka grinste noch breiter, nickte ihnen dann zu und zog sich zurück. Bevor er die Abteiltür schloß, sagte er: „Ich wünsche euch noch eine schöne Reise. Und wie gesagt, denkt daran, welchen Namen ich dem Zug gegeben habe. Jenseits-Expreß. Für manch einen Reisenden ist diese Bezeichnung schon zur bitteren Wahrheit geworden." Mit einem kratzigen Lachen auf den Lippen zog er sich wieder zurück und verschwand innerhalb des Ganges wie ein Phantom.

Susanne und Randy blickten sich an. „Du siehst aus", sagte das Mädchen, „als würdest du über einen schlimmen Traum nachdenken."

Randy hob die Schultern. „Leider war es kein Traum." Er schaute aus dem Fenster.

Die Gegend hatte ein anderes Gesicht bekommen. Basel lag hinter ihnen und damit auch das Häusermeer und die düstergrauen Industrieanlagen. Jetzt rollten sie durch eine Landschaft, die aussah wie ein grünes Meer aus erstarrten Wellen.

Hügelige Wiesen, kleine Häuser, dazwischen die grauen Bänder der Straßen, alles wirkte sehr sauber, was typisch für die Schweiz war.

Randy sah es und sah es trotzdem nicht. Seine Gedanken schweiften ab, befanden sich bereits am Ziel, in Kandersteg. Und er fragte sich, was sie dort erwarten würde...

2. Der Schock

Im Keller des Schlosses lag die Bombe!

Ein harmlos aussehender, grüngrauer, rechteckiger Kasten und trotzdem so gefährlich, daß sein Inhalt das ganze Gebäude in die Luft sprengen konnte.

Zwei Männer hatten die Bombe in das Schloß geschmuggelt und der Familie Ritter kalt mitgeteilt, daß sie sich nur ruhig und vor allen Dingen richtig zu verhalten bräuchte, damit nichts passiert. Unter *richtig* verstanden sie, daß sich alle ihren Regeln fügen mußten. Im Klartext hieß dies: keine Polizei und keine eigenen Versuche, die Bombe zu entfernen.

Frau Ritter wußte Bescheid, Randy ebenfalls, und auch Turbo, Randys japanischer Freund, war eingeweiht worden. Nachdem die beiden Männer, die sich Meier und Schmidt nannten, verschwunden waren und auch Randy abgereist war, hatten sich Frau Ritter und Turbo aber doch auf die Suche nach der Bombe gemacht und sie dann im Schloßkeller tatsächlich gefunden. Der Kasten stand in einem der Gänge. Er war nicht einmal großartig versteckt worden, man mußte fast über ihn stolpern.

In ihm befand sich eine Bombe, die per Fernbedienung gezündet werden konnte. Gleichzeitig besaß sie noch einen Zeitzünder, wie die beiden Männer warnend hinzugefügt hatten, also eine doppelte Sicherung.

Turbo hatte mit dem Gedanken gespielt, die Bombe zu nehmen, zum Rhein hinunterzugehen und sie ins Wasser zu werfen. Diesen Vorsatz hatte er schnell wieder verworfen. Es war damit zu rechnen, daß die beiden Männer das Haus beobachteten.

Auch Frau Ritter war gegen diesen Plan gewesen, sie wollte alles tun, um ihre Familie heil wieder zusammenzubringen.

Fast schon zur Familie gehörte auch Michaela Schröder, kurz Ela genannt. Sie war ein Mädchen aus der Nachbarschaft und mit Randy seit der Sandkastenzeit befreundet. Ela hielt sich bei den Ritters mitunter öfter auf als bei sich zu Hause, und sie war auch dagewesen, als Frau Ritter und Turbo aus Düsseldorf zurückgekommen waren, wo sie Randy zum Zug gebracht hatten.

Es war ihnen nichts anderes übrig geblieben, als Ela einzuweihen. Sie, Randy und Turbo bildeten zusammen das Schloß-Trio. Mit den beiden Jungen hatte sie schon einiges an Abenteuern durchstehen müssen. Als sie jedoch von der Bombe hörte, war sie entsetzt gewesen. Sie hatte sich auch zu größtem Stillschweigen verpflichten müssen, und gemeinsam hatten sie dann die Bombe entdeckt. Nach dem Fund wollten aber weder Turbo noch Ela länger im Schloß bleiben.

Es war nicht unbedingt Furcht vor der Explosion gewesen, die sie aus dem Haus trieb – obwohl sie natürlich Angst davor hatten. Sie wollten jedoch vor allem etwas tun und hatten deshalb beschlossen, nach den beiden Fremden Ausschau zu halten.

Sie wußten ja, wann der Zug in der Schweiz ankommen würde. Wenn sich Randy an die Befehle hielt, war alles klar, dann befanden sich alle Personen für ein paar Stunden in relativer Sicherheit, und diese Zeitspanne wollten beide nutzen.

Ela war mit dem Rad gekommen, auch Turbo hatte seines geholt, und Frau Ritter war sogar heilfroh gewesen, daß beide das Schloß verließen. Ihr war es nur recht, wenn sie sich um zwei Personen weniger sorgen mußte.

Ela und Turbo gingen davon aus, daß die Männer das Schloß unter Beobachtung hielten. Deckung war für sie genug vorhanden. Das Gelände vom Schloß bis hin zur Straße war dicht bewachsen. Da wechselten sich Strauchwerk, hohes, unkrautähnliches Gras mit knorrigen Bäumen ab, die sich den flachen, sehr langgestreckten Hang hinunterzogen.

Beide waren noch nicht in die Sättel gestiegen. Sie hatten die Räder aus der unmittelbaren Nähe des Schlosses weggeschoben. Ela blieb plötzlich stehen und strich über ihr dunkles Haar, wobei sie auch den Pferdeschwanz zwischen ihren Fingern durchgleiten ließ.

Sie war ein fröhliches Mädchen, stets zu einem Lachen aufgelegt, war immer locker gekleidet und hatte ein weiches Mädchengesicht mit blitzenden Augen, die von einigem Temperament erzählten.

Jetzt allerdings schaute sie Turbo weniger fröhlich an. Ein großer Druck lag auf den beiden Freunden.

„Was hast du?“ fragte der japanische Junge. Wie immer trug er das dunkle Haar kurz geschnitten. Es sah aus wie eine schwarze Bürste.

Ela zuckte mit den Schultern. Dabei hielt sie das Rad fest und schaute sich unbehaglich um. „Ich weiß nicht, ob es richtig ist, was wir hier machen.“

„Wieso?“

„Die Sucherei.“

Turbo überlegte. „Hätten wir im Schloß bleiben sollen?“

„Ich bin mir eben nicht sicher.“

„Nein, Ela, so ist es schon besser.“

„Und wenn wir ihnen nun in die Arme laufen? Wie sollen wir dann reagieren?“

Da war Turbo überfragt. „Das müßte dann die Situation ergeben“, meinte er und starrte zu Boden.

Ela wechselte das Thema. „Welchen Wagen fahren die beiden?“

„Einen Senator.“

„Der ist nicht zu übersehen.“ Sie schaute über die Büsche hinweg, aber den Wagen entdeckte sie nicht. „Ich bin noch nicht einmal sicher, ob sie sich in der Nähe aufhalten.“

„Das wollen wir ja herausfinden.“

Da Ela auch keinen besseren Vorschlag hatte, stimmte sie zu. „Abgemacht, suchen wir weiter.“

Sie schwangen sich in die Sättel. Noch hatten die Bäume ihr Laub nicht verloren. Der Herbst war herrlich. Er leuchtete in allen Farben.

Beide radelten langsam. Turbo hatte die Führung übernommen. Wie auch Ela, schaute er sich dauernd um, suchte nach Lücken im Bewuchs, durch den der Lack des Senators hindurchschimmern würde.

Sie sahen nichts.

Der Weg führte, wenn sie weiter auf ihm blieben, hoch zur Uferstraße, über die der Verkehr in beide Richtungen rollte. Da wollte Turbo nicht hin. Bevor sie die Straße erreichten, bog er nach links ab und radelte einen grauen Asphaltweg entlang, der auch zu den Schröders führte. Deren Haus stand ebenfalls am Rhein. Elas Vater, ein Maurerpolier, hatte es praktisch mit seinen eigenen Händen für die Familie gebaut. Die Schröders fühlten sich dort wohl. Ela hatte noch einen kleinen Bruder und einen Hund namens Biene, den sie aber diesmal nicht mitgenommen hatte.

Plötzlich stieg Turbo in den Rücktritt. Das hintere Rad rutschte etwas weg, aber Turbo konnte sich fangen. Ela rollte an ihm vorbei. Sie hatte gerade noch ausweichen können, fuhr aber in einen Busch, der am Straßenrand wuchs.

„Konntest du nicht..." Sie hatte sich umgedreht, sah Turbos starres Gesicht und seinen ausgestreckten Arm, der über die Sträucher schräg nach links wies.

Ela schaute ebenfalls hin und bekam eine leichte Gänsehaut. Über dem bunten Laub wuchs etwas Blitzendes aus der Tiefe hervor. Ein langer, dünner Stab, sacht gebogen und leicht wippend.

„Antenne..." Turbo formte das Wort mehr mit den Lippen, als daß er es aussprach.

„Der Senator?" hauchte Ela zurück.

„Bestimmt."

Sie legte ihr Rad vorsichtig zu Boden und ging auf Turbo zu. „Was machen wir denn jetzt?"

Auch Turbo stellte sein Rad weg. „Anschleichen wie die Indianer. Ich will sehen, was die Kerle vorhaben. Du bleibst am besten zurück. Es reicht, wenn ich die Typen..."

„Kommt nicht in die Tüte, ich gehe mit."

Turbo sah Elas entschlossenes Gesicht, holte tief Luft und nickte. „Meinetwegen", sagte er, „aber wag dich nicht zu weit vor, hörst du?"

„Keine Sorge. Bleiben wir zusammen?"

„Sicher."

Sie gingen nicht auf dem direkten Weg, sondern näherten sich dem Ziel von der rechten Seite. Kaum hatten sie den Pfad verlassen, wurde es schwierig, weil sie hinderliche Zweige zur Seite schieben mußten, um überhaupt voranzukommen.

Außerdem wollten sie möglichst wenig Aufmerksamkeit erregen. Wenn sich die beiden Männer noch bei ihrem Wagen befanden, konnten sie die Bewegungen der Zweige leicht sehen.

Turbo schob sich durch eine Lücke zwischen zwei Sträuchern. Hinter ihm schlich Ela. Er hörte ihren Atem und mußte zugeben, daß auch er nervös geworden war.

Dann blieb er stehen.

Der Wagen stand nicht direkt auf einer Lichtung, sondern eher auf einer freien Fläche jenseits des Buschwerks. Da sie relativ hoch lag, hatte man von dieser Stelle aus freie Sicht auf das ganze Schloß.

„Ein guter Beobachtungsposten", lobte Turbo.

„Siehst du was von den Kerlen?"

„Leider nicht." Sie standen noch einige Schritte von dem

Opel entfernt. Hineinschauen konnten sie auch nicht, weil die Scheiben aus extrastark getöntem Colorglas bestanden.

Vom Himmel fiel das Licht der Sonne, erreichte auch den Wagen, und in den Scheiben spiegelte sich die Landschaft der näheren Umgebung.

Turbo bewegte sich vorsichtig weiter. Er hielt eine Hand ausgestreckt, als wollte er sich irgendwo festhalten. Ela wartete noch einen Moment, bevor sie Turbo nachging, der den Senator inzwischen umrundet hatte. Ihre Füße schleiften durch das Gras. Es war seltsam still. Nur in den Kronen der Bäume hockten die Vögel und zwitscherten um die Wette.

An der Fahrerseite war Ela stehengeblieben. Turbo schaute sie über die Kühlerhaube hinweg an. „Nichts", sagte er. „Der Wagen ist leer."

„Und jetzt?"

Der Junge lachte. „Ich frage mich nur, wohin sie sich verkrochen haben. Die lassen den Wagen doch nicht einfach in der Gegend stehen und verschwinden ohne Ziel."

„Vielleicht sind sie wieder bei Frau Ritter!"

Turbo hob die Schultern. Er gab die Antwort nicht, sie erklang hinter ihnen, praktisch aus den Büschen.

„Nein, im Schloß sind wir nicht. Wir setzen uns doch nicht selbst auf ein Pulverfaß."

Ela und Turbo erschraken. Beide wurden gleichzeitig blaß. Turbo sah, wie sich die Büsche hinter Ela bewegten und eine Gestalt entließen. Der Mann trug einen schwarzen Oberlippenbart und hatte sein ebenfalls dunkles Haar streng gescheitelt. Besonders auffallend war die gekrümmte Nase, die dem Bärtchen entgegenwuchs. Turbo wußte, daß sich der Fremde Schmidt nannte. Er trug noch immer seinen dünnen Staubmantel.

Ela sah den anderen, den Blonden, Kantigen mit den kurzgeschnittenen Haaren. Er nannte sich Meier und hatte etwas Roboterhaftes an sich. Wegen der zahlreichen Sommersprossen in seinem Gesicht wirkten die Augen noch blasser als sie ohnehin waren. Sein braunes Lederjackett stand offen, die Hände hielt er in den Außentaschen vergraben.

Der Mann blieb hinter Turbo stehen, er sagte kein Wort, das überließ er seinem Kumpan.

Schmidt schüttelte den Kopf. Sein Blick bekam dabei etwas Vorwurfsvolles. „Hatte ich dir nicht gesagt, daß du im Schloß bleiben sollst?"

„Warum?"

„Weil ich es so will."

„Wir haben Besuch bekommen", sagte Turbo. Er versuchte, seiner Stimme einen festen Klang zu geben.

„Das sehe ich. Wer ist sie?"

„Eine Freundin."

„Kann sie das nicht selbst sagen?" Schmidt trat dicht hinter Ela und legte eine Hand auf ihre Schulter. „Los, Kleine, geh mal zu deinem Freund, und stell dich neben ihn."

Hastig ging Ela vor. Sie hatte den Sprecher noch nicht gesehen, allein der Klang seiner Stimme bereitete ihr Unbehagen. Turbo faßte wie beschützend nach ihrer Hand und drückte sie leicht.

Jetzt sah Ela auch den Mann namens Schmidt. Er stand dem Blonden in nichts nach, was die Ausstrahlung anging. Von beiden ging eine Kälte aus, die sie schaudern ließ.

Schmidt blickte sie finster an und zog dabei seine dunklen Augenbrauen hoch. „Noch einmal, was habt ihr hier gewollt?"

„Nichts."

„Junge, mach es dir nicht selbst schwer!" Jetzt sprach Meier. Er redete mit einer flachen Stimme, die völlig gefühllos klang. Seine Lippen bewegten sich kaum beim Sprechen, und auch der Blick änderte sich nicht. Er wirkte noch immer wie eine Eisdusche.

Turbo sah ein, daß es besser war, wenn er redete. „Wir wollten einfach raus."

„Hatte das einen Grund?" fragte Schmidt.

„Ja, wir bekamen Angst."

„Wovor?"

„Die Bombe", sagte Ela. „Wir ... wir haben sie gesehen und wollten nicht mehr länger in ihrer Nähe bleiben."

Schmidt dachte über die Antwort nach, nickte und starrte

Ela ins Gesicht. „Ich weiß nicht, Kleine, aber ich kann dir nicht glauben. Es gibt einfach zu viele Dinge, die mir nicht passen, und ich werde das Gefühl nicht los, daß ihr etwas davon in Bewegung gesetzt habt."

„Was denn?" fragte Turbo.

Schmidt hob die Schultern. „Wir haben bisher angenommen, daß sich euer Freund Randy vernünftig gezeigt hat. Das ist nicht mehr der Fall. Wir haben von unserem Freund im Zug keine Nachricht mehr bekommen. Es ist einfach zuviel Zeit vergangen. Er hätte sich melden müssen. Wir hatten eine feste Zeit abgemacht und ihm eine Telefonnummer genannt, unter der wir zu erreichen sind. Der Anruf kam nicht. Irgendwas stimmt da nicht."

„Aber damit hat Randy doch nichts zu tun!" rief Ela.

Schmidt hob die Schultern. „Kann sein, kann aber auch nicht sein. Wie gesagt, wir wissen es nicht. Aber wir nehmen an, daß sich euer Freund nicht an die Regeln gehalten hat. Das wird Folgen haben, nicht nur für seine Familie, sondern auch für euch."

„Wie meinen Sie das denn?" fragte Turbo.

„Ganz einfach, Junge. Eure Chancen, daß die Bombe nicht hochgeht, sind damit gesunken."

Ela und Turbo schwiegen. Beide hatten plötzlich das Gefühl, einen bösen Traum zu erleben, nur war es leider die Realität, die ihnen Schmidt auch noch drastisch vor Augen führte.

Seine rechte Hand verschwand in der Manteltasche. Als sie wieder zum Vorschein kam, hielten die Finger einen flachen Kasten umklammert. Er drehte ihn so, daß Ela und Turbo auf die Vorderseite schauen konnten, wo sie zwei Lampen sahen, die glänzten wie Perlmuttknöpfe.

„Wißt ihr, was das ist?" fragte Schmidt.

Ela schüttelte den Kopf, Turbo allerdings gab eine Antwort. „Eine Fernbedienung."

„Richtig, Junge." Der Oberlippenbart bewegte sich, als Schmidt lächelte. „Aber nicht allein eine Fernbedienung, wie du sie von einem TV-Gerät kennst. Diese hier ist nur für die im Schloß liegende Bombe konstruiert worden. Sie sendet Frequenzen ab, auf die der Zünder reagiert. Wenn ich den von dir aus gesehen rechten Knopf drücke, fliegt das Schloß in die Luft. So einfach ist das."

Turbo und Ela wagten nichts zu sagen. Sie standen da und starrten gegen die beiden Männer, ohne sie richtig zu sehen. Ihre Blicke glitten durch die Gestalten.

„Sprachlos?" fragte Schmidt.

Ela war es nicht. Obwohl sie vor Furcht schweißfeuchte Hände bekommen hatte, ergriff sie das Wort. „Wie können Menschen wie Sie nur so gemein sein, frage ich mich. Sie müssen doch an die Unschuldigen denken..."

„Mädchen", unterbrach Schmidt sie. „Bitte keine langen Moralpredigten. Das fruchtet bei mir nicht. Es geht um sehr wichtige Dinge, das kannst du mir glauben."

„Geheimplan Lemuria", stieß Turbo hervor.

„Richtig!"

„Und was bedeutet das?"

„Viel, wenn man sich damit beschäftigt. Dr. Ritter hat es getan, mein Kompliment an ihn. Er ist meiner Gruppe zuvorgekommen. Wir aber dürfen keine Zeit verlieren. Das Projekt, das sich Geheimplan Lemuria nennt, ist ungemein wichtig für die Technik vieler Länder. Und wir wollen nicht, daß nur einer absahnt. Wenn es jemand ist, dann wir. Deshalb werden wir den Plan auch in die Hände bekommen."

„Randy ist ja unterwegs", sagte Turbo.

Schmidt nickte. „Sein Glück. Nur hat sich unser Kontaktmann nicht mehr gemeldet. Er sitzt im Zug, er kann vom Zug aus eine bestimmte Nummer anrufen. Da er das nicht getan hat, müssen wir davon ausgehen, daß etwas schiefgelaufen ist."

„Das ist nicht sicher!" rief Ela.

Schmidt hob die Schultern. „Sicher ist es nicht, da hast du recht. Aber wir müssen damit rechnen, daß die Chance für uns, den Plan in die Hände zu bekommen, geringer geworden ist. Und deshalb werden alle anderen die Konsequenzen tragen." Schmidt warf einen Blick zum Schloß hinüber. Der Turmanbau war gut zu erkennen. „Wenn es so weitergeht, glaube ich nicht, daß dieser Turm morgen früh noch so steht wie heute..."

3. Gefangen

Dr. Peter Ritter und Alfred hatten es aufgegeben, noch weiter über ihre mißliche Lage zu diskutieren. Sie war einfach zu verfahren, aber die beiden Männer gaben zu, daß sie Fehler gemacht hatten. Sie waren nicht wachsam genug gewesen und mußten die Folgen tragen.

Beide waren gefangen!

Man hatte sie in einen viereckigen Raum gesteckt, der sich als alter Keller unter einem Bergbauernhaus entpuppte und nur durch eine Stiege zu erreichen war. Als Ausgang besaß er eine in der Decke eingelassene Klapptür, die nur geöffnet wurde, wenn es die Mahlzeiten gab. Als Lichtquelle dienten ihnen Kerzen. Ein Tisch, zwei Stühle, ein alter Schrank und ein Feldbett mit schmutzigen Decken bildeten die Einrichtung. Fenster waren nicht vorhanden. Beide Männer konnten nur auf die leeren, braungrauen Wände starren und darauf hoffen, irgendwann einmal freigelassen zu werden.

Dr. Peter Ritter war nach dem Anruf im Schloß in eine Art Lethargie gefallen. Er redete nicht, er durchmaß nicht mehr ihr Gefängnis, er regte sich auch nicht auf.

Stumm hockte er am Tisch und starrte in die Kerzenflamme, die nicht einmal flackerte, weil kein Windhauch in das Verlies drang.

Er schaute auch nicht auf, als er das Knarren der alten Matratze hörte. Alfred, der etwa dreißigjährige Mann mit den dunklen Haaren und dem ebenfalls dunklen Oberlippenbart, hatte sich herumgerollt und stand auf. Er ging auf den Tisch zu, rückte einen Stuhl heran und nahm Platz.

„Herr Ritter", sagte er leise, „bitte, Sie dürfen hier nicht in eine Art Weltschmerz verfallen."

Dr. Ritter lachte auf. „Du hast gut reden, Alfred. Ich habe das Gefühl, alles falsch gemacht zu haben."

„Wieso?"

Peter Ritter hob den Kopf. Sein eigentlich noch jungenhaftes Gesicht hatte einen gequälten Ausdruck. Müde strich er durch das dunkelblonde Haar, das an einigen Stellen bereits

graue Strähnen bekommen hatte. „Ich hätte Randy nicht mit hineinziehen sollen."

„Und die Bombe?"

Dr. Ritter hob die Schultern. „Vielleicht war alles nur Bluff."

„Das glauben Sie doch selbst nicht!" widersprach Alfred entschieden. „Nein, die bluffen nicht."

„Dann sind wir immer hintenan."

„Bis jetzt noch."

„Sag mir einen Ausweg."

„Wir müssen hier weg, das ist alles."

„Und weiter?"

„Dann holen wir uns die Kerle."

„Toll, denkst du auch an meinen Sohn und den Rest der Familie in Düsseldorf?"

„Ja, schon." Alfred schaute auf die Uhr. „Wenn ich den

Fahrplan des Zuges noch einigermaßen im Kopf habe, müßte Randy Kandersteg jetzt eigentlich schon erreicht haben."

„Dann werden wir ihn wohl bald zu Gesicht bekommen."

„Das, Herr Ritter, wage ich zu bezweifeln." Als Alfred den erstaunten Blick des Ingenieurs auffing, fügte er noch eine Erklärung hinzu. „Wenn Randy eingetroffen ist, und sie ihm die Pläne abnehmen, sind wir überflüssig. Sie wissen selbst, daß nur die Pläne für die Gruppe wichtig sind. Zu Verhandlungen mit Wilms ist es nicht gekommen. Die anderen waren eben schneller."

„Was folgerst du daraus?"

„Daß wir für unsere Gegner völlig uninteressant geworden sind. Es sei denn, sie versuchen, für uns Lösegeld zu erpressen. Ich glaube kaum, daß man zahlt. Wenn doch, wird sich die Sache hinziehen. Denken Sie bitte über meine Worte nach."

Das tat Dr. Ritter. Er kam auch zu einem Entschluß. „Ich denke stets an Randy."

„Ich auch, Herr Ritter. Ich rechne ja damit, daß er sich bereits hier im Ort befindet. Deshalb sollten wir versuchen, ihn zu treffen, dazu aber müssen wir hier raus."

„Klar." Dr. Ritter deutete gegen die Deckenklappe. „Die ist dicht, verriegelt..."

Alfred schaute auf die Uhr. „Es dauert nicht mehr lange, dann bringt man uns das Essen."

„Weiß ich..."

Jetzt lächelte Alfred. „Ich könnte da einige Tricks einsetzen, Herr Ritter, wenn Sie erlauben."

Dr. Ritter atmete tief durch. „Du machst es mir nicht einfach, Alfred."

„Wir müssen alles auf eine Karte setzen." Der ehemalige Stuntman und Spezialist für Special effects war nicht mehr zu bremsen. Die lange Gefangenschaft nervte ihn. Bisher hatten sie Rücksicht auf Randy genommen, nun mußten sie etwas tun, sonst verlor nicht nur der Junge, auch sie beide würden wieder den kürzeren ziehen.

„Denkst du auch an die Bombe im Schloß?"

Alfred nickte. „Immer. Deshalb dürfen wir auch nichts überstürzen und müssen mehr als vorsichtig sein. Der Verbindungsmann im Zug darf von unserer Flucht nicht informiert werden."

„Das ist klar."

Alfred stand auf und streckte Dr. Ritter die Hand entgegen. „Schlagen Sie ein, Chef, dann werden wir versuchen, das Ding über die Bühne zu bringen. Wäre ja nicht das erste Mal, daß wir uns aus einer derartig verfahrenen Lage befreit hätten."

Da hatte Alfred recht. Dennoch zögerte Peter Ritter. Vor seinen Augen erschien stets das Bild der Familie. Frau, Sohn und auch Turbo, der mittlerweile dazugehörte. „Wenn ich nur wüßte, mit wie vielen Gegnern wir es zu tun haben..."

„Das überlassen Sie mal mir." Alfred grinste. „Und jetzt schlagen Sie endlich ein, Chef."

„Okay, gemacht."

Beide Männer reichten sich die Hände. Alfred lächelte aufmunternd. Er wußte, wie es in Dr. Ritter aussah. Auch wenn das Vorhaben nicht völlig risikolos war, es war die einzige Chance, die ihnen noch blieb.

Alfred zog seine Hand als erster zurück, hob einen der beiden Stühle an und kantete ihn so, daß das Sitzmöbel mit einem Bein den Steinboden berührte.

Dann trat er heftig gegen das Bein.

Beim erstenmal tat sich nichts. Alfred mußte noch zweimal treten, dann erst splitterte und brach das Holz an der geleimten Stelle. Alfred bückte sich, hob das Stuhlbein an und wog es in der Hand. „Das wird uns eine Hilfe sein."

„Wir wollen es hoffen." Dr. Ritter lehnte den Stuhl so hin, daß er nicht kippte.

Die Kerze gab nicht viel Licht. Genauso wie die beiden Gefangenen würde auch derjenige nicht viel sehen können, der von oben in das Verlies hinunterschaute. Darauf baute Alfred seinen Plan auf.

„Hoffentlich ist der Kerl pünktlich!" flüsterte er.

Gegen achtzehn Uhr erschien immer jemand, der ihnen etwas zu essen brachte.

Beide Männer wußten nicht genau, wo sie sich befanden. Sie

hatten sich mit einem Herrn Wilms in einem Hotel verabredet gehabt. Jo Wilms war Vertreter der Firma, die das Patent des Dr. Ritter kaufen wollte. Zu einem Treffen war es nicht mehr gekommen, denn ein Unbekannter war erschienen und hatte Dr. Ritter erklärt, daß in seinem Haus, dem Schloß, eine Bombe lag. Weder Alfred noch Dr. Ritter hatten den Mann je zuvor gesehen. Nachdem er seine Forderungen gestellt hatte, ließ er Dr. Ritter mit Randy telefonieren.

Alfred hatte nichts unternehmen können. Er war in einem Nebenraum eingesperrt worden, und die Drohung mit der Bombe hatte ausgereicht, um Dr. Ritter und Alfred passiv bleiben zu lassen.

Sie waren dann weggebracht und in dem Kellerverlies eingesperrt worden und konnten jetzt nur hoffen, daß alles glattging.

„Ich hätte den Plan nicht bei mir zu Hause lassen sollen. Es war ein Fehler."

„Das finde ich nicht."

„Doch, Alfred, doch. Meinetwegen hätten sie die Erfindung haben können. Das Leben meiner Familie ist mir wichtiger!" rief der Ingenieur und ballte beide Hände zu Fäusten.

Alfred reagierte gelassener. Er hatte einen Finger auf die Lippen gelegt und deutete mit dem Stuhlbein in die Höhe. „Über uns tut sich etwas, Chef!"

Peter Ritter hörte es nun auch. Auf ein Handzeichen Alfreds hin ging er so weit zurück, daß er nicht nur im toten Winkel, sondern auch im Schatten stand.

Wer immer die Luke öffnen würde, er würde Mühe haben, Dr. Ritter zu erkennen.

Die Sekunden schlichen dahin.

Die beiden Männer verhielten sich still. Nur ihr Atmen war zu hören. Dr. Ritter spürte den Schweiß auf seiner Stirn und auch am gesamten Körper. In Bahnen rannen die kalten Tropfen seinen Rücken hinab. Die Spannung verdichtete sich. Über ihnen hörten sie jetzt die Schritte. Das Verlies besaß eine stabile Holzdecke, die normale Schritte zwar dämpfte, sie aber nicht lautlos machte.

Dann verstummten sie.

„Jetzt steht er an der Luke“, flüsterte Alfred und machte sich bereit. Er kannte das Spiel. Wenn die Luke geöffnet wurde, schaltete der Mann dort oben eine Lampe ein und leuchtete den Keller aus. Dabei sollte er natürlich nicht merken, womit sich Alfred bewaffnet hatte. Aus diesem Grund hielt er das Stuhlbein hinter seinem Rücken versteckt.

Er hörte das bekannte Knirschen der Scharniere, als die Luke in die Höhe gezogen wurde. Ein viereckiger Ausschnitt entstand innerhalb der Decke. Von rechts her wurde er von einem Schatten verdüstert, dann zielte der Strahl einer Lampe in die Tiefe.

Er war wie ein heller, suchender Speer, der zunächst kein Ziel fand, weil Alfred zur Seite getreten war und bereits seine Rechte angehoben hatte.

Er zielte dicht über den Kegel der Lampe und konnte nur noch hoffen.

Das Stuhlbein jagte schräg in die Höhe, überschlug sich dabei einige Male – und traf.

Alfred hörte einen erstickten Laut, der Schatten oben am Rand der Luke schwankte, ebenfalls der helle Lampenstrahl. Dann trat die Gestalt nach vorn, aber auch ins Leere.

Um Schlimmeres zu verhüten, trat Alfred blitzschnell vor und fing den fallenden Körper ab. Dann ließ er ihn zu Boden sinken, sah das verzerrte, breitflächige Gesicht und die Platzwunde an der Stirn, wo das Stuhlbein getroffen hatte.

Der Mann wollte sich wieder aufrichten. Dagegen hatte Alfred etwas. „Es tut mir leid für dich“, sagte er und schickte den Mann mit einem wohldosierten Handkantenschlag ins Reich der Träume. In den nächsten Minuten würde er schlafen.

Alfred nahm die Lampe an sich und flüsterte: „Chef, Sie können...“

„Bin schon da.“ Peter Ritter trat aus dem Dunkel des toten Winkels, nickte Alfred zu und sagte: „Gratuliere.“

„Halb so wild.“ Er deutete auf den Bewegungslosen. „Dieser Mann schläft für eine Weile.“

Dr. Ritter schaute schon zur Luke hoch. Den Rand würden sie mit einem kräftigen Sprung erreichen können.

„Darf ich zuerst?“ fragte Alfred.

„Bitte.“

Alfred ging kurz in die Knie, dann stieß er sich wuchtig ab, streckte seinen Körper und hielt auch die Arme gereckt. Schon beim ersten Versuch bekamen seine Finger die Kante zu fassen. Alfred hielt sich eisern fest. Als Stuntman mußte man auch Sportler und dementsprechend gelenkig sein.

Das war Alfred. Mit einem Klimmzug zog er sich so weit hoch, daß er ein Bein anwinkeln und es über den Lukenrand schieben konnte. Mit dem Knie stützte er sich ab und zog sich hoch.

Sofort schaute er sich um. Ein zweiter Mann war nicht zu sehen. Neben der Luke standen eine Schüssel und eine Flasche mit Mineralwasser.

„Alles klar?“ hörte Alfred Dr. Ritters Stimme.

„Bis jetzt ja. Sie können springen.“

Auch Dr. Ritter sprang nach oben. Wie Alfred bekam er ebenfalls beim ersten Versuch den Rand der Luke zu fassen. Nur brauchte er sich nicht so mühsam hochzuziehen, Alfred gab ihm die nötige Hilfestellung. Ein wenig außer Atem kniete Peter Ritter schließlich neben ihm und wischte eine Haarsträhne aus seinem Gesicht. „Das wäre geschafft.“

Alfred hatte bereits die Luke angehoben und klappte sie zu. Jetzt war der Fußboden wieder eine glatte Fläche.

Dr. Ritter hatte sich umgeschaut. Sie befanden sich in einem Flur mit einer niedrigen, braunen Holzdecke. Die Fenster waren, wie bei fast allen Häusern in den Bergen, relativ klein. Nur schien die Hütte unbewohnt zu sein, denn vor den Scheiben hingen keine Gardinen. Auf den äußeren Fensterbänken waren auch nicht wie bei den anderen Bergbauernhöfen die Kübel mit Blumen zu sehen. Eine steile Treppe aus Holz führte in die obere Etage. Der Flur war so eng, daß zwei Erwachsene kaum nebeneinander hergehen konnten.

„Weg“, sagte Alfred.

Aber Dr. Ritter hörte ihn gar nicht. Er hatte inzwischen eine Tür entdeckt und sie rasch aufgestoßen. Mit einem großen Schritt war er in dem dahinterliegenden Raum verschwunden.

Es war ein kleines Zimmer und nur kärglich möbliert. Das alles interessierte Dr. Ritter nicht. Sein Blick saugte sich an dem schwarzen Telefon fest, das auf einer schmutzigen und durchgesessen aussehenden Couch stand.

Staub lag überall, nur nicht auf dem Telefon. Ein Beweis, daß es erst kürzlich benutzt worden war.

Der schwarze Apparat war auch das Ziel von Dr. Ritter. Als er dort angelangt war, drehte er sich noch einmal zu Alfred um. „Die Zeit, um bei mir zu Hause anzurufen, haben wir noch", erklärte er.

Alfred nickte. „Falls die Leitung funktioniert."

Dr. Ritter hatte schon abgehoben. Ein triumphierendes Lächeln zeigte sich auf seinem Gesicht, als er den langgezogenen Freiton hörte.

„Gut." Alfred winkte. „Ich gehe zur Tür und decke uns den Rücken. Wenn jemand kommt, werde ich ihn empfangen."

„Tu das." Peter Ritter wählte bereits die Nummer. Die Vorwahl von Deutschland, dann ließ er die Null weg, tippte Düsseldorfs Ortsnetzkennzahl ein, danach seine eigene Rufnummer. Er konnte nicht vermeiden, daß seine Finger dabei zitterten.

Der Hals war ihm trocken geworden. Es läutete am anderen Ende durch. Einmal, zweimal, ein drittes Mal, dann die Stimme seiner Frau. „Ja, hier Ritter..."

„Marion!" stieß der Mann hervor.

„Peter, um Himmels willen. Wo... wo bist du?"

Er wischte über seine Stirn. Der Schweiß war kalt. „Ich... ich befinde mich noch immer in der Schweiz. Alfred und ich haben uns befreien können, glaube ich."

„Und Randy?"

„Den haben wir noch nicht gesehen."

„Aber der Zug müßte schon eingelaufen sein!" Marion Ritters Stimme klang gehetzt. „Hoffentlich ist alles glatt gegangen. Ich habe so ein komisches Gefühl."

Obwohl es ihm nicht leicht fiel, versuchte Peter Ritter seine Frau zu beruhigen. „Hier werden wir schon klarkommen. Aber was ist bei euch? Was ist mit der Bombe?" Die Stimme des Mannes zitterte plötzlich.

„Wir ... wir haben sie gefunden, Peter!“
„Wer? Was?“
„Turbo und ich.“
„O nein.“ Sekundenlang schloß Peter Ritter die Augen. Er sah das Schloß vor sich und dann seine Frau und Turbo, wie sie nach der Bombe suchten.

„Bist du noch da, Peter?"
„Ja, natürlich."
„Sie liegt im Keller. Sie... sie tickt. Die ist sogar doppelt gesichert. Mit einem Zeitzünder und mit einer Fernbedienung."
Dr. Ritter atmete tief ein. „Tu mir einen Gefallen, bitte. Verlasse das Schloß. Nimm Turbo mit..."
„Er ist mit Ela weg!"
Peter Ritter raufte seine Haare. „Auch das noch. Wieso ist Ela...?"
„Sie kam zu Besuch."
„Dann verschwinde du ebenfalls. Wenn das Schloß in die Luft fliegt, ist es nicht tragisch. Aber Menschenleben..."
„Nein, Peter!" rief Marion Ritter gequält. „Ich... ich kann das Schloß nicht verlassen. Die beiden Männer beobachten es sicherlich von draußen. Sie haben mir strikte Anweisung gegeben, zu bleiben. Es tut mir leid, aber ich muß bleiben."
„Ja, ja", murmelte der Ingenieur. „Ja, ich sehe ein, daß wir in der Klemme sitzen."
„Wenn du Randy triffst, dann nimm ihm den Plan ab. Gib ihn um Himmels willen ab."
„Das ist nicht so einfach."
„Bitte, Peter."
„Okay, ich werde es versuchen. Wenn eben möglich, rufe ich wieder an. Hast du auch an die Polizei gedacht?"
„Ja, aber ich traue mich nicht. Wenn die Kerle das Schloß beobachten, werden sie sehen können, wenn wir Besuch bekommen."
„Stimmt auch, Marion. Bis später – ich... ich liebe dich."
„Ich dich auch, Peter."
Dr. Ritter legte auf. Sein Gesicht glänzte, die Mundwinkel zuckten. In diesen Sekunden sah er um Jahre älter aus. Seine eigenen Probleme traten in den Hintergrund. Er dachte an seine Frau, die sich im Schloß mit der Bombe befand.
Mit schleppenden Schritten verließ er den kleinen Raum. Alfred hatte ihn bereits gehört und erwartete ihn an der Ausgangstür, die spaltbreit offenstand.

Er nickte ihm zu und erschrak, als er Dr. Ritter anschaute. „Ist was passiert, Chef?“

„Noch nicht.“

„Aber?“

„Die Bombe tickt noch immer.“

Alfreds dunkle Augen erinnerten an gefärbte Eisstücke, als er Peter Ritter zunickte. „Wenn ich die Typen jemals in die Hände bekommen kann, zerreiße ich sie in der Luft.“

„Das hoffe ich auch.“ Dr. Ritter räusperte sich. „Mal was anderes. Wie sieht es hier aus?“

„Leer. Ich habe niemand entdecken können, der dieses Haus unter Beobachtung hält.“

„Dann laß uns gehen.“

„Zum Bahnhof?“

„Sicher.“

Kandersteg besitzt einen sehr berühmten Bahnhof, denn in diesem Ort ist die normale Straßenführung zu Ende. Wer mit dem Auto weiter hinüber ins Wallis will, ist auf den Autoreisezug angewiesen, der durch den Lötschberg-Tunnel fährt.

Am Bahnhof hat man daher lange Verladerampen gebaut, wo sich an den Wochenenden freilich oft genug die Fahrzeuge stauen, bis sie auf den extra angefertigten Waggons durch den Tunnel transportiert werden können.

Dr. Ritter und Alfred verließen das Haus. Eine herrlich klare Luft empfing sie. Der Ort Kandersteg ist umgeben von einer majestätischen Bergwelt, unter deren Gipfeln sich mehrere Dreitausender befinden. Besonders schön ist der Herbst in den Bergen. Auch jetzt hatte die Natur den Mischwald in wunderbaren Farben gemalt. Der von den Hängen fallende Wind strich sanft durch das Blätterwerk.

Der Himmel zeigte eine fast schon kitschige Bläue. Federwolken schickten aus großer Höhe Grüße. In den Aufwinden segelten Drachenflieger und zogen ihre Kreise und Schrauben.

Ein Wetter zum Urlaub machen. In der Tat beherbergte Kandersteg auch um diese Zeit noch viele Touristen. Nur nicht dort, wo sich die beiden Männer befanden.

Die Hütte stand außerhalb des Ortes, in Richtung Lötschberg-Tunnel. Sie lag leicht hangaufwärts und war zur Straße hin durch dichte Nadelbäume gut gedeckt.

Alfred ging vor. Er fand einen schmalen Pfad, der sich an den Tannen vorbeiwand.

„Kommen Sie, Chef?“

Dr. Ritter nickte. Es hatte keinen Sinn, sich gedanklich zu sehr mit der Familie zu beschäftigen. Er mußte jetzt einfach nach vorn sehen und versuchen, die Familie von der Schweiz her und aus dieser großen Entfernung zu retten...

4. Die Ankunft

Der Thuner See lag hinter ihnen, und der Eurocity stieg hoch in das gewaltige Berner Oberland.

Noch war die Strecke relativ flach, doch aus der Ferne grüßten bereits die mächtigen Gipfel der Dreitausender, die an einigen Stellen vergletschert waren.

Darunter leuchteten die noch grünen Matten und herbstlich gefärbten Wälder, die an den Hängen bunte Streifen bildeten.

An diesem Bild konnte sich Susanne Nollen einfach nicht sattsehen. Seit sie den Bahnhof Thun verlassen hatten, stand sie am Fenster und schaute hinaus.

Anders Randy Ritter!

Für die Schönheit der Landschaft hatte er heute kein Auge. Zu stark beschäftigte ihn der *Geheimplan Lemuria* und die damit verbundenen Gefahren. Krapka befand sich im Zug, das allein zählte.

Er warf einen Blick auf die Uhr. Achtzehn Uhr zwanzig, und sie hatten Kandersteg noch immer nicht erreicht. Der Eurocity würde mit über einer Stunde Verspätung einlaufen.

Noch einmal stoppten sie. Da befanden sie sich bereits hoch in den Bergen. Der kleine Ort hieß Frutigen. Viele Fahrgäste verließen die Wagen in zünftiger Wanderkleidung.

„Ich finde es herrlich." Susanne strahlte Randy an. „Du etwa nicht?"

„Ja, die Umgebung ist toll, aber..."

Sie ließ ihn nicht zu Ende reden. „Warst du schon mal auf der Blümlisalp oder am Öschinensee? Besonders im Winter, wenn er zugefroren ist, kannst du dort jeden Sport betreiben. Ich sage dir..."

„Mich interessiert der Geheimplan. Du hast ihn doch noch?"

Susanne blickte ihn vorwurfsvoll an. „Was hältst du von mir? Klar habe ich ihn."

„Das ist gut."

Susanne lehnte sich mit dem Rücken gegen die Fensterscheibe. „Hast du dir schon mal überlegt, was du machst, wenn du ausgestiegen bist?"

„Wie meinst du..."

„Wo du hingehen willst!"

„Nein."

„Dann mußt du diesem Totengräber ja das Feld überlassen."

Sie fuhren an. Randy nahm sich Zeit für eine Antwort. Er sah den vorbeihuschenden Bahnsteig, den kleinen Ort mit seinen sauberen Straßen und Häusern. Dahinter begannen die Hänge der Berge anzusteigen. Mal steil, fast senkrecht hochwachsend, dann wieder sanft und gleitend und von grünen, saftigen Almwiesen bedeckt. Nicht alle Bauern hatten die Kühe schon ins Tal getrieben. Einige Tiere standen noch auf den Weiden und rupften das Gras.

Ein Tunnel schluckte den Zug. Plötzlich steckten sie in dieser Röhre, und Susanne stieß Randy in den Rücken. „Was ist denn? Ich warte noch auf deine Antwort."

„Krapka. Ich werde mich mit Krapka in Verbindung setzen müssen", erwiderte Randy nachdenklich.

„Tatsächlich?"

„Ja."

Sie lachte prustend. „Und was geschieht dann?"

„Er muß mich zu meinem Vater führen. Ich will wissen, wo er und Alfred stecken."

Susanne Nollen lachte, preßte dabei aber ihre Hand gegen den Mund, damit das Gelächter nicht auffiel. „Glaubst du im Ernst, daß Krapka so etwas tun wird?"

„Er muß es, sonst bekommt er den Plan nicht."

„Randy, du redest dich da in etwas hinein!"

„Wieso?"

Susanne sah sein rot angelaufenes Gesicht und winkte mit beiden Händen ab. „Reg dich doch nicht künstlich auf, bleib lieber cool."

„Das bin ich."

„Wie siehst du denn dann aus, wenn du zornig bist?" Sie lachte prustend. „Nee, nee, erzähl mir nichts. Ich meine, daß Krapka nicht allein ist. Der hat hier in Kandersteg bestimmt seine Kumpane. Er war so etwas wie ein Botschafter, das Finale läuft genau hier über die Bühne. Krapka ist einfach nicht der Typ, der eine so heiße Sache allein durchzieht. Das mußt du mir glauben."

„Okay, nehmen wir an, du hast recht. Was sollen wir deiner Meinung nach tun?"

Sie wies auf sich. „Wie soll ich das denn wissen?" Dabei sah Susanne ihre Fingernägel an. „Mist, dreckig sind die Dinger."

„Lenk nicht ab, Mensch. Du kennst dich hier aus, hast in Kandersteg Verwandte. Der Ort ist dir also nicht unbekannt..."

„Glaubst du denn, ich kenne jedes Haus?" Susanne tippte gegen ihre Stirn. „Du bist lustig. Okay, ich bin hier oft spazierengegangen, das ist aber auch alles. Deinen Vater und auch Alfred können die überall versteckt halten. Da gibt es zum Beispiel das Gastern-Tal. Es liegt oberhalb des Ortes und ist ziemlich einsam. Im Winter wird es gesperrt. Du kannst auch nur zu bestimmten Zeiten mit dem Wagen hineinfahren, weil der Weg für Gegenverkehr einfach zu schmal ist."

„Und der Tunnel?"

„Durch den Lötschberg fahren nur die Autoreisezüge hinüber ins Wallis. Die nächste Station heißt Goppenstein, mal abgesehen von den normalen Zügen, die auch Brig anlaufen, die Endstation."

Randy war still geworden und schaute durch das Fenster auf die vorbeihuschende Tunnelwand. Hin und wieder sah er die hellen Flecken der Tunnel-Beleuchtung. „Ich gebe den Plan nicht eher her, bis ich meinen Vater gesehen habe."

„Das brauchst du auch nicht."

Der Zug verließ den Tunnel. Beide erschraken, denn die Wagenschlange fuhr dicht an einer Steilwand entlang, die plötzlich wieder zurücktrat, so daß ihr Blick frei in ein tief unter ihnen liegendes Tal fallen konnte, wo sie einen Gebirgsbach sahen, die Kander. Sie hatte dem Ort hier seinen Namen gegeben.

Kandergrund hatten sie schon durchfahren. In zwei Minuten würden sie das Ziel erreichen.

Noch sahen sie die Sonne. Aber einige Teile des Hochtals lagen bereits eingehüllt in graue Schatten.

Susanne ging zur Tür, öffnete sie und schaute in den Gang. „Die Luft ist rein!" meldete sie. „Kein Krapka zu sehen. Gib mir mal meine Tasche, bitte."

Sie bekam ihr Gepäck, Randy nahm seins. Susanne lächelte, als sie den Kopf drehte. „Dann wollen wir mal!" Ihre Stimme klang etwas gequetscht. Sehr wohl fühlte sie sich nicht.

Randy nickte nur. Auch sein Herz klopfte stärker als gewöhnlich. Er spürte den Schweiß auf der Stirn, im Hals lag ein Kratzen zusammen mit einem dicken Kloß.

Der Eurocity bremste ab. Die Gleisanlagen hatten sich erweitert. Die Nähe des Bahnhofs war auch optisch erkennbar. Signalmasten glitten vorbei. Zusammen mit ihnen rollte ein Autoreisezug in den Bahnhof. Noch waren seine flachen Wagen leer.

Beide gingen zur Tür, wo schon ein älteres Ehepaar wartete, um ebenfalls auszusteigen. Als der Zug hielt und Randy den Ruck spürte, wußte er, daß es kein Zurück mehr geben würde. Ein neues Kapitel seines Lebens hatte begonnen. Er verspürte nicht gerade Angst, aber ein Gefühl der Unsicherheit konnte er dennoch nicht unterdrücken.

Susanne zwinkerte ihm zu. „Wird schon schiefgehen."

„Hoffentlich."

Durch die offene Tür drangen frische Luft und die Worte einer Ansage zu ihnen in den Wagen. Sie halfen dem Ehepaar bei ihren schweren Koffern. Die beiden bedankten sich, dann sprangen auch Susanne und Randy aus dem Zug, blieben stehen und schauten sich um.

„Ich sehe nichts von Krapka", sagte Randy.

„Susanne!" Ein heller Ruf hallte über den Bahnsteig.

Das Mädchen drehte sich um. „Tante Karin!" rief sie laut. „Tante Karin." Sie wandte sich Randy zu. Ihre Wangen glühten. „Das ist meine Tante. Ich... ich muß sie begrüßen."

„Kommst du zurück?"

„Klar doch."

„Viel Spaß."

Susanne rannte auf ihre Tante zu und warf sich in die Arme der Frau. Randy hörte Sätze wie „Was bist du groß geworden, ich hätte dich fast nicht erkannt." Solche Reden kannte er von seinen eigenen Verwandten. Er grinste kurz, doch dann sah er sich rasch um, ob er Krapka irgendwo entdeckte.

Der Totengräber war nicht zu sehen. Wenn er den Zug verlassen hatte, war es ihm gelungen, sich gut zu verstecken. Allmählich leerte sich auch der Bahnsteig.

Der Eurocity wartete darauf, wieder zu starten. Die Türen waren schon geschlossen.

Dann setzte sich die lange Schlange der Wagen in Bewegung. Randy wandte ihr sein Gesicht zu. Mächtig und wuchtig glitten die Wagen an ihm vorbei. Hinter den Scheiben wirkten die Gesichter der Reisenden wie gemalte und zerlaufende Flecken.

Der letzte Wagen passierte Randy. Sein Blick fiel wieder frei über die Schienen bis zum gegenüberliegenden Bahnsteig, wo eine einsame in Schwarz gekleidete Gestalt stand.

Krapka, der Totengräber!

Mochte der Teufel wissen, wie dieser Kerl dorthin gekommen war. Jedenfalls stand er auf dem Bahnsteig, lächelte kalt und wissend, wobei er den rechten Arm wie zum Gruß erhoben hatte.

Randy spürte das Frösteln auf seinem Rücken. Die verflixte

Realität hatte ihn wieder. Krapka würde nicht aufgeben und ihm auf den Fersen bleiben. Er winkte sogar und deutete danach auf einen der Treppenschächte, die unter dem Bahnsteig herführten.

Randy schüttelte den Kopf.

„Ich habe mit dir zu reden!“ rief Krapka. „Oder willst du deinen Vater nicht...“

Seine restlichen Worte gingen unter in Susannes Ruf, die mit ihrer Tante kam. Sie hatte sich bei ihr eingehakt. „Randy, darf ich dir meine Tante vorstellen? Das ist Frau Haake, und das ist Randy Ritter, von dem ich dir erzählt habe.“

„Ich freue mich, Randy.“ Frau Haake reichte ihm die Hand. Sie war etwa vierzig Jahre alt, hatte dunkelbraunes Haar und Augen von der gleichen Farbe wie die des Mädchens.

„Tante Karin ist eine Schwester meiner Mutter. Sie hat hierher geheiratet, weil Onkel Urs bei der Bahn in Kandersteg arbeitet. Ich habe ihr erzählt, daß wir uns schon gut kennen. Wenn du Lust hast, kannst du bei uns wohnen.“

„Mal sehen.“ Randy lächelte gequält.

„He“, sagte Susanne, „was ist mit dir?“

Randy gab eine stumme Antwort. Mit dem abgespreizten Daumen deutete er auf den anderen Bahnsteig, wo Krapka stehen mußte, aber der war leer. Der Totengräber hatte es vorgezogen, zu verschwinden.

„Was ist denn?“ wunderte sich Susanne. Sie war mit ihrem Blick dem ausgestreckten Finger gefolgt.

„Nichts, gar nichts“, sagte Randy schnell.

„Wieso...?“

„Ich hatte ihn gesehen.“

„Ach so, ja.“

„Um wen geht es denn?“ fragte Frau Haake.

„Ach, weißt du, Tante Karin, um eine Zugbekanntschaft. Das ist alles.“

Die Frau nickte. „Dann wollen wir mal“, sagte sie. „Der Zug hat schließlich über eine Stunde Verspätung gehabt. Und euch ist nichts passiert, als jemand die Notbremse zog?“

„Nein, Tante Karin!“

Frau Haake wiegte den Kopf. „Wenn ich daran denke, daß es immer wieder Idioten gibt, die die Notbremse ziehen, möchte ich glatt vom Glauben abfallen. Die wissen gar nicht, wie gefährlich das ist."

Sie sah nicht, wie sich Susanne und ihr neuer Freund verschwörerische Blicke zuwarfen. Dafür schaute sie auf die Uhr. „So, Kinder, jetzt wird es aber Zeit."

„Wofür?" fragte Susanne.

„Das Abendessen wartet. Außerdem werdet ihr nach der langen Reise erschöpft sein. Ihr könnt euch duschen und..."

„Später, Frau Haake, danke, aber ich muß mich noch mit meinem Vater treffen."

Sie hob die Augenbrauen. „Dein Vater ist hier?"

„Das hatte ich dir doch erzählt", sagte Susanne schnell. „Er macht in Kandersteg eine Art Urlaub, nicht." Sie schaute Randy dabei an, und der nickte.

„Wo denn?"

„Im Royal Hotel Gemmi."

„Ho, in diesem teuren Schuppen."

„Die Firma zahlt alles", sagte Randy schnell. „Mein Vater hat sich dort mit einigen Geschäftsleuten verabredet, und er wartet auf mich. Das müssen Sie bitte verstehen, Frau Haake."

Das verstand sie auch. „Wenn das so ist, dann bleibt mir nur, dir zu sagen, daß du bei uns jedenfalls immer herzlich willkommen bist."

„Danke, Frau Haake."

„Ich werde auch ins Hotel kommen", sagte Susanne rasch.

„Du mußt sogar."

Frau Haake schüttelte den Kopf. „Ich verstehe euch nicht. Irgendwas läuft hier falsch." Sie hatte noch nicht den Schweizer Dialekt angenommen und sprach mehr rheinisch.

„Wieso denn?"

„Ihr benehmt euch so anders, Susanne."

„Da irrst du dich."

„Nein, nein, Mädchen. Ich merke schon, daß hier einiges an mir vorbeiläuft." Sie hob die Schultern. „Das ist eure Sache. Mein Wagen steht vor dem Bahnhof."

Susanne ging hinter ihrer Tante her. Es gefiel ihr nicht, daß sie die Frau begleiten sollte. Randy sah es ihrem Gesicht an, daß sie verzweifelt nach einer Ausrede suchte, aber keine fand.

Nebeneinander schritten sie die Treppe hinab. „Bist du auch wirklich im Hotel?“

„Ich weiß nicht.“

Susanne zog die Schultern hoch. „Wo kann ich dich denn dann finden?“

„Keine Ahnung. Ich versuche jedenfalls, ins Hotel zu kommen. Deine Tante hat doch Telefon – oder?“

„Klar.“ Susanne sprach ihre Tante an. „Kannst du Randy deine Telefonnummer geben?“

Er bekam sie gesagt, wiederholte die Zahlen noch einmal und hatte die Nummer behalten.

Mittlerweile schritten sie durch den Tunnel, an den sich die Bahnhofshalle anschloß.

Sie traten auf den Vorplatz, wo rechts ein Kiosk mit Zeitschriften seinen Platz gefunden hatte. Auf einem Parkplatz standen einige Fahrzeuge. Unter anderem ein blauer Volvo, der 3er Serie, auf den Frau Haake zusteuerte.

Bevor Susanne einstieg, drehte sie sich noch einmal um und winkte Randy zu.

Er grüßte zurück. Auf seinen Lippen lag ein etwas wehmütiges Lächeln, und er spürte auch eine leichte Gänsehaut. Jetzt war die Fahrt tatsächlich beendet, nicht aber die Reise oder das Abenteuer, das lief erst in die zweite, vielleicht auch letzte Runde.

Frau Haake startete den Volvo, ließ ihn rückwärts aus der Parklücke rollen und wendete. Dann bog sie nach links ab, wo die Straße in den Ort hineinführte.

Nachdem der Wagen über eine Brücke gefahren war, unter der das Wasser der Kander schäumte, hatte Randy den Volvo schon bald aus den Augen verloren.

Tief holte er Luft. Er kam sich plötzlich so einsam vor, und trotz der herrlichen Landschaft, die den Ort umgab, erschien ihm alles grau und trostlos. Die ersten Schatten der Dämmerung krochen bereits in das Tal, aber hoch oben, wo die Gipfel grüßten, waren die Hänge und Flanken noch vom Licht der Sonne bestrahlt, so daß sie einen messingfarbenen Glanz bekamen.

Hinter Randy rumpelte ein Autoreisezug vorbei. Er nahm Kurs auf den Tunnel.

„So sieht man sich wieder!" Obwohl Randy damit gerechnet hatte, die Stimme des Totengräbers zu hören, erschrak er trotzdem. Er drehte sich auch nicht um, versteifte sich nur etwas und wartete, bis sich Krapka neben ihn gestellt hatte.

Von der rechten Seite her grinste er den Jungen an. „Ein schöner Ort, nicht wahr?"

„Stimmt."

„Aber kein Flecken, um hier sein Leben auszuhauchen, finde ich."

„Ich . . . ich will auch nicht sterben", sagte Randy kratzig.

Krapka hob die knochigen Schultern. „Man kann schließlich nie wissen, was einem noch über den Weg läuft. Daran solltest du dich gewöhnen, mein Junge."

„Wie meinen Sie das?"

„So wie ich es sagte. Aber lassen wir das. Wir sind am Ziel, und ich werde bekommen, was ich schon im Zug haben wollte. Rück den Geheimplan heraus."

„Den bekommen Sie auch. Aber erst, wenn ich meinen Vater gesehen habe. Ich will mit ihm reden."

„Das kannst du."

„Dann lassen Sie uns hingehen."

Krapka nickte. „Wo ist der Plan?"

„Erst will ich meinen Vater sehen."

Krapka schaute ihn an. Sein Grinsen wirkte plötzlich teuflisch. „Denkst du eigentlich nicht an deine Mutter, die zu Hause im Schloß auf einer Bombe sitzt?"

„An sie denke ich auch."

„Aber nicht daran, daß sie in die Luft fliegen kann. Ich habe meine Freunde dortgelassen und . . ."

„Dann kriegen Sie den Plan überhaupt nicht!" rief Randy mit erstickter Stimme.

Krapkas Lächeln verschwand. Er nickte und sagte, bevor er

sich umdrehte: „Ich werde jetzt gehen und telefonieren. Wenn ich zurückkomme, mußt du dich entschieden haben. Dann geht es um alles oder nichts. Ich werde dir danach auch sagen können, wann euer Schloß in die Luft fliegt. Viel Bedenkzeit wirst du nicht mehr haben, Junge. Bis gleich.“ Ohne Randys Antwort abzuwarten, drehte er sich um und verschwand in der Bahnhofshalle, um zu telefonieren.

Randy wußte genau, daß dieser Mensch nicht geblufft hatte. Krapka war bis aufs Äußerste gereizt. Er würde seinen Plan durchführen und keine Rücksicht nehmen.

Randy wußte nicht, was er machen sollte. Ihm wurde plötzlich bewußt, daß er sich übernommen hatte. Er spürte den

Druck hinter seinen Augäpfeln und entschloß sich in diesem Augenblick, auf keinen Fall den Helden zu spielen.

Es ging um das Leben seiner Familie. So pathetisch es sich auch anhörte, es war eine Tatsache.

Ihr Schicksal lag in seiner Hand. Also würde er bei Frau Haake anrufen und Susanne Bescheid geben, daß sie den verfluchten *Geheimplan Lemuria* herausrücken solle.

Sein Blick glitt über den Bahnhofsvorplatz. Links am Kiosk stand ein Mann, der sich einen Reisigbesen geholt hatte und den Platz vor dem Geschäft fegte.

Von der Straße her bog plötzlich ein feuerrotes Automobil ab. Es war hart in die Kurve gerissen worden, so daß die Reifen anfingen zu singen. Der Wagen beschleunigte noch einmal – und stoppte direkt vor Randy Ritter. Der Junge erschrak, trat einen Schritt zurück, bis er sah, daß die Scheibe nach unten glitt.

Ein Frauengesicht, umrahmt von hellblonden Locken, schaute ihn besorgt an.

Randy hatte das Gefühl, einen Traum zu erleben, denn die Frau kannte er. Sie hatte Susanne und ihn mit nach Freiburg genommen und dort am Bahnhof entlassen.

Es war Betty Lange!

„Steig ein, Junge, schnell“, sagte sie, und Randy hörte sehr deutlich den ernsten Klang aus ihrer Stimme.

„Aber ich . . .“

„Einsteigen. Oder willst du, daß Krapka die Oberhand behält?“

„Ich . . . ich kann nicht!“

„Doch, du mußt!“ Die Stimme klang sehr scharf, so daß sich Randy wunderte. Er focht einen inneren Kampf aus. Sollte er – sollte er nicht? Er wußte es nicht genau. Wenn Krapka zurückkehrte und er mit seinen Kumpanen in Düsseldorf gesprochen hatte . . .

„Bitte, Randy, einsteigen!“

„Wieso kommen Sie hierher?“

„Du willst doch deinen Vater wiedersehen – oder?“

Randy staunte. „Was haben Sie mit meinem Vater zu tun?“

„Mehr als du denkst. Ich habe euch nicht aus Zufall aufgelesen. Es war Glück, aber ... „Sie hob die Schultern, und Randy, den die Worte fast, doch nicht ganz überzeugt hatten, entschloß sich, der blondhaarigen Frau namens Betty Lange zu vertrauen.

Er warf seine Tasche auf den Rücksitz. Betty Lange startete schon, als er sich noch nicht einmal angeschnallt hatte. Sie wollte so rasch wie möglich aus dem unmittelbaren Sichtbereich des Bahnhofs weg.

Zunächst sprachen sie nichts. Erst als sie über die Brücke rollten, atmete Frau Lange auf. „Das war knapp“, sagte sie. „Und gleichzeitig Glück, daß ich dich noch erwischt habe. Wo ist eigentlich deine Freundin?“

„Bei ihrer Tante."

„Die wohnt hier?"

„Ja."

„Das ist gut." Der Wagen hielt wieder. Sie hatten jetzt die Einmündung zur Hauptstraße erreicht. Hier standen auch zahlreiche hölzerne Hinweisschilder für Wanderer, die angaben, wie lange man bis zu einem bestimmten Ziel – meistens Berghütten – brauchte.

„Irgendwie bin ich verrückt", sagte Randy.

„Weshalb?" Betty Lange starrte durch die Scheibe und gab plötzlich Gas, als sie eine Lücke im frühabendlichen Verkehr entdeckt hatte. Der BMW machte einen regelrechten Sprung nach vorn, zog durch die Lenkradbewegung nach rechts und stieß in die Lücke zwischen zwei anderen Fahrzeugen.

„Ihnen zu vertrauen!" Randy löste die Hand vom Haltegriff.

Frau Lange lachte. Sie trug noch immer die schwarze Jacke. „Besser mir zu vertrauen, als Krapka."

„Vielleicht."

„Du bist noch immer nicht überzeugt?"

„So ist es." Randy schaute nach vorn, wo sich die Straße verengte und auch für die beiden schmalen Gehsteige rechts und links kaum noch Platz war, weil einige Häuser nicht parallel zur Fahrbahn standen. „Sie sind doch mit einem bestimmten Auftrag unterwegs."

„Das stimmt."

„Und welch ein Auftrag ist das?"

„Ich arbeite für eine Firma."

Randy überlegte und erinnerte sich, daß ihm eine ähnliche Antwort schon einmal gegeben worden war. „Etwa für die FEC, die Future Electronic Corporation?"

„Gut kombiniert, Randy!"

„Das ist doch auch der Job von Jo Wilms."

„Exakt."

„Dann sind sie Kollegen?"

Betty Lange drückte während des Lachens ihren Kopf zurück. „Auch das ist richtig." Sie ging vom Gas und mußte beinahe anhalten, weil ein Traktor rechts abbiegen wollte.

„Und was haben Sie mit meinem Vater zu tun?"

„Wir standen in Verhandlungen wegen seines neuen Projekts, das unter dem Codenamen Geheimplan Lemuria läuft. Das ist alles, mein Lieber. So einfach sieht es aus."

Randy mußte lachen. „Ich weiß nicht, ob es gerade einfach ist. Aber Krapka..."

Sie schoß mit dem Wagen nach vorn. „Der gehört zur anderen Seite."

„Und zu welcher?"

„Krapka und seine Kumpane sind Menschen, die sich an jeden Auftraggeber verkaufen. Man kann sie als moderne Söldner bezeichnen. Sie machen mit jedem ein Geschäft. Es ist ihnen egal, aus welcher Richtung das Geld fließt. Ob Amerikaner, Russen oder Araber, die arbeiten immer für den, der am meisten zahlt."

„Und wer ist das in diesem Fall?"

Betty Lange hob die Schultern. „Genau kann ich dir das auch nicht sagen. Wir rechnen aber damit, daß ein totalitärer Staat dahinter steht."

„Einer aus dem Ostblock?"

„Ja, oder Arabien."

Randy schüttelte den Kopf. „Ich begreife nicht, was an diesem Geheimplan Lemuria so außergewöhnlich ist, wirklich."

„Das werde ich dir auch nicht sagen. Es geht jedenfalls um sehr viel Geld und auch um einen gewissen zeitlichen Vorsprung, denn im nächsten Frühjahr wird die Entdeckung deines Vaters der Öffentlichkeit präsentiert. Noch wissen nur Eingeweihte davon. Leider zu viele."

„Und was wollte mein Vater von Ihnen?"

„Er hatte sich mit der FEC in Verbindung gesetzt, um über Lizenzen zu verhandeln."

„Was ist das denn?"

„Daß wir die Bewilligung bekommen, die Erfindung deines Vaters in Lizenz nachzubauen."

„Ach so."

Sie lachte. „Du siehst, mein Junge, es ist alles korrekt, was wir unternehmen."

Randy hob die Schultern. „Ich bleibe lieber mißtrauisch, wenn es Ihnen recht ist."

„Meinetwegen."

Sie hatten den Ort Kandersteg mittlerweile hinter sich gelassen und rollten nun durch die Alpenlandschaft. Rechts der Straße und in gebührender Entfernung führte der Schienenstrang in Richtung Tunnel. Zwischen ihm und der Fahrbahn lagen die Wiesen in einem satten Grün.

„Mein Vater hat sich doch im Hotel einquartieren wollen, wenn mich nicht alles täuscht."

„Richtig." Betty Lange nickte. „Da wollten wir auch verhandeln. Aber Krapka und seine Kumpane haben ihn weggelockt und zu einer Hütte gebracht, die von ihnen gemietet wurde."

Randy staunte. „Woher wissen Sie das alles?"

Betty Lange hob die Schultern. „Man hat so seine Beziehungen", erwiderte sie ausweichend.

Randy war auch weiterhin skeptisch, hielt aber den Mund. Er mißtraute auch dem Lächeln der Frau, fragte dann: „Sie sind sicher, daß wir meinen Vater finden werden?"

„Und ob."

„Wie weit ist es denn noch?"

Betty Lange nahm eine Hand vom Lenkrad und winkte ab. „Nicht sehr weit, Randy. Du weißt ja, die Straße endet hier. Da steht das Gebirge quer. Zu Fuß kannst du es noch überqueren. Es gibt da den Gemmipaß.

„Nie gehört."

„Er ist auch nicht so bekannt."

Leer lag die schmale Straße vor ihnen. Gegenverkehr herrschte keiner mehr. Vereinzelt zweigten schmale Wege zu beiden Seiten der Straße ab. Sie wurden von Wanderern benutzt, die in die Berge wollten. Randy entdeckte auch ein Hinweisschild auf das Gasterntal.

Und in diesen Weg bogen sie ein. Er war schmal, stieg leicht an und zog sich in Serpentinen hoch.

„Wollen Sie in das Tal, Frau Lange?"

„Nicht ganz. Es wäre auch wie ein Gefängnis, denn zwei Wagen kommen nicht hindurch, wenn sie sich begegnen."

„Das habe ich gehört."

Mischwald verschluckte sie. Die Bäume wuchsen bis dicht an die Ränder des Weges und kratzten mit ihrem bunten Laub über die Karosserie des BMW. Der Boden war sehr holprig und auch gefährlich. Baumwurzeln wuchsen wie Krallen hervor, und Laub hatte den Untergrund leicht rutschig gemacht, was Betty Lange aber nicht kümmerte, sie fuhr rasant weiter, trotz der Enge.

Randy schaute sie an. Ihr Gesicht hatte einen harten Ausdruck bekommen. Die Lippen lagen aufeinander, so daß der Mund einen schmalen Strich bildete.

Konnte er dieser fremden Frau tatsächlich trauen? Er wußte es noch immer nicht genau. Da sah er das kleine Haus im Wald.

„Dort werden wir deinen Vater finden", erklärte Betty Lange. Vor dem Haus drehte sie den Wagen so, daß die Kühlerschnauze wieder in die Gegenrichtung wies.

„Aussteigen, Randy!"

Er öffnete bereits die Tür. Hier war die Luft feuchter. Als Betty Lange und er die Türen zuschlugen, empfand Randy die Geräusche als störend. Eine herrliche Stille umfing sie. Sie hörten nur die Geräusche der Natur, das Zwitschern der Vögel, das Rauschen eines Gebirgsbachs, der in den oberen Regionen, wo das ewige Eis lag, seine Quelle hatte und irgendwo im Tal in die Kander mündete.

Randy hatte es sich zur Angewohnheit gemacht, sich an fremden Orten sofort genau umzuschauen. Er entdeckte Reifenspuren im Erdreich. Sie stammten nicht von Betty Langes BMW.

Die Frau ging bereits auf die Haustür zu. Randy folgte ihr langsamer. „Wo können die beiden denn stecken?" fragte er.

Sie hob die Schultern. „Wenn man sie gefangenhält, dann sicherlich im Keller."

Randy wunderte sich, daß die Tür nicht verschlossen war. Betty stieß sie auf. Sie paßte hindurch, der Junge mußte den Kopf einziehen, um nicht an die obere Kante zu stoßen.

Stille empfing sie.

Randy hatte das Gefühl, eine besondere Ruhe zu erleben.

Sie war zwar natürlich, aber trotzdem anders. Gespannter und gleichzeitig erwartungsvoller.

Eine schmale Stiege führte in die obere Etage. Die Fenster waren sehr klein. Jemand mit breiten Schultern würde sich kaum hinauslehnen können.

„Sie scheinen nicht hier zu sein", sagte er leise.

Die Frau hob die Hand. „Abwarten, Junge, das kriegen wir schon alles in die Reihe."

„Soll ich mal rufen?"

Sie schüttelte den Kopf. „Das hat keinen Sinn, wir durchsuchen die Räume."

„Haben Sie nicht von einem Keller gesprochen, Frau Lange?"

„Ja." Sie lächelte kantig. „Ich sehe allerdings keine Kellertür." Sie betrat einen Raum, in den Randy nur einen Blick warf. Es war dämmrig. Die Möbel wirkten alt und waren völlig verstaubt. Aber im Staub auf dem Boden zeichneten sich Fußspuren ab. Sie waren so groß, daß sie nur von Männerfüßen stammen konnten.

Randy wollte schon etwas sagen, als er nach links schaute, wo ihm im Flur etwas auffiel. Es war ein Quadrat, heller als die übrige Fläche, und frei von Staub.

Der Junge mußte einige Schritte laufen, um es zu erreichen und entdeckte dann den im Boden eingelassenen Griff, den man hochziehen mußte, wenn man die Luke öffnen wollte.

„Frau Lange, hier!"

Sie kam sehr schnell und staunte über die Entdeckung. „Das muß der Zugang zum Keller sein."

„Klar." Randy leckte vor Aufregung über seine Lippen. Er hatte sich bereits gebückt und den Griff mit einer Hand umklammert. Sein Blick fieberte. Die Spannung drückte auf seine Nerven. Sie verstärkte sich von Sekunde zu Sekunde.

„Sei aber vorsichtig!" vernahm er Betty Langes geflüsterte Warnung. „Wir können nicht sicher sein."

„Wieso?"

„Bitte, mach." Sie stand hinter ihm, was Randy nicht gefiel. Doch es gab kein Zurück. Er dachte an seinen Vater und zog die Klappe mit einem Ruck in die Höhe. Dann ging er zur Seite, ließ sie fallen, stand neben der Luke und starrte in die Tiefe.

Es war nicht dunkel, da unten eine Kerze brannte. Ihr flakkerndes Licht beleuchtete einen kleinen Raum und warf bizarre Muster auf den Boden.

„Vati...?“ Randy konnte nicht anders. Er mußte einfach rufen.

Eine Antwort bekam er nicht. Dennoch war das Verlies zu ihren Füßen nicht leer.

Da war eine bewegungslose Gestalt, die am Boden lag und aussah als wäre sie tot...

„Jetzt verstehe ich gar nichts mehr!“ flüsterte Randy, als er den ersten Schrecken überwunden hatte. „Sie etwa, Frau Lange?“

„Es ist schwierig“, gab sie zu.

„Was kann das zu bedeuten haben?“

Betty Lange lachte kehlig. „Es ist doch klar. Dein Vater und dieser Alfred sind nicht mehr hier. Sie haben einen ihrer Aufpasser überwältigen können und sind verschwunden.“

Randy war und blieb stumm. Er wußte nicht, was er sagen sollte. Der Fall hatte wieder eine überraschende Wendung genommen. Aber er fühlte sich befreit, als er daran dachte, daß es seinem Vater und Alfred gelungen war, die Flucht zu ergreifen. Auch wenn er nicht wußte, wo sich die beiden jetzt befanden.

Betty Lange schien die Flucht nicht zu gefallen. Selbst bei diesen miesen Lichtverhältnissen sah das Gesicht der Frau nicht nur hart, sondern auch nachdenklich aus.

„Da sind wir wohl zu spät gekommen“, sagte Randy.

Sie hob die Schultern. „Ich... ich weiß nicht“, meinte sie leise. „Jedenfalls gefällt es mir nicht.“

„Weshalb?“

Sie winkte ab und deutete danach in die Tiefe. „Wir hätten ihn fragen können, doch wie mir scheint, wird er in der nächsten Stunde nicht aufstehen.“

„Dann können wir ja von hier verschwinden“, schlug Randy vor. „Was sollte uns noch halten?“

Sie starrte ihn an. „Weißt du denn, wo sich dein Vater befindet, Randy?“

„Nein. Wo hatten Sie ihn denn treffen wollen?“

„In einem Hotel.“

„Dann sind sie bestimmt auch dort. Es sei denn, sie fingen an, mich zu suchen.“

„Das kann auch sein.“ Betty Lange nagte auf ihrer Lippe. „Schade“, sagte sie, „sehr schade.“ Dann hob sie ruckartig den Kopf. „Nun zu dir, mein Junge. Es geht um die Pläne. Dein Vater wollte sie uns in Lizenz überlassen. Du siehst selbst, daß er nicht mehr gefangengehalten wird. Es hat sich also einiges verändert. Du kannst mir die Pläne ruhig überlassen, so war es abgesprochen.“

Randy schüttelte den Kopf. „Nein, das mache ich nicht. Ich gebe Ihnen die Pläne nicht.“

„Und weshalb nicht?“

„Weil ich sie nicht habe, ganz einfach!“

Betty Lange starrte ihn an. Ihr Blick war plötzlich kalt geworden. Sie hatte regelrechte Fischaugen bekommen. Randy empfand nun ein noch größeres Mißtrauen. „Das glaube ich dir nicht!“

„Wenn ich es Ihnen sage!“

„Wer hat sie dann?“

Er lächelte nur.

Sie überlegte. „Randy, es hat keinen Sinn, wenn du hier bluffen willst. Du begreifst die Zusammenhänge anscheinend nicht. Hier geht es um sehr viel, das sage ich dir. Es geschehen Dinge, die deinen Horizont wahrscheinlich weit übersteigen und...“

„Es tut mir leid“, sagte er und ging einen Schritt vor. „Außerdem will ich von hier weg.“

Betty Lange streckte einen Arm seitlich aus. „Moment noch, Randy, so einfach ist das nicht.“

„Tatsächlich?“

„Ja.“ Sie lächelte. „Ich habe Schritte gehört. Wir sind wohl nicht allein im Haus.“

Sie hatte sehr laut gesprochen, als wären die Worte noch für eine andere Person bestimmt gewesen. Zwei Herzschläge danach hörte Randy die Schritte ebenfalls.

Da knarrte Holz. Es stöhnte regelrecht auf, und die Geräusche drangen aus der ersten Etage zu ihnen herab. Jemand schlich dort oben herum.

Randy stand günstig. Er konnte zur Stiege hochschielen. „Ist das vielleicht Ihr Partner Wilms?"

„Kann sein, muß aber nicht."

„Meinen Sie, hier wären noch..." Randy verstummte, weil die Schritte jetzt die Treppe erreicht hatten.

Er hörte sie auf den Stufen.

Wieder ertönte das Knarren. Es hörte sich geheimnisvoll und auch irgendwie gefährlich an. Betty Lange stand vor ihm und versperrte ihm den Weg, so daß Randy gar nicht anders konnte als zur Treppe zu schauen.

Zwei Füße erschienen, schwarze Schuhe, leicht angestaubt. Dunkle Socken umspannten die Knöchel. Ebenfalls schwarze Hosenbeine umflatterten die Waden.

In Randy kam ein furchtbarer Verdacht auf, der sich nach dem nächsten Schritt des Mannes bestätigte.

Auf der Treppe erschien jemand, den Randy kannte. Es war Krapka, der Totengräber, sein Schatten seit Düsseldorf, und der Gesichtsausdruck des Mannes verhieß nichts Gutes...

5. Eine böse Überraschung

Jetzt hätte Betty Lange eigentlich handeln müssen. Das tat sie auch, nur anders, als Randy es sich vorgestellt hatte. Sie nickte dem Ankömmling grüßend und irgendwie lässig zu.

„Da bist du ja!"

„Tut mir leid, ich konnte nicht eher kommen." Mit zwei letzten Schritten ließ Krapka die Treppe hinter sich.

Nervös strich die Frau durch ihre blonden Locken. Dabei schaute sie zu, wie Randys Blicke von einer Person zur anderen glitten und wie ein allmähliches Verstehen sich in seinen Augen ausbreitete.

„Also doch!" flüsterte er.

„Was heißt das?" fragte Betty ihn.

„Sie ... Sie und der Krapka ..."

Der Totengräber unterbrach ihn durch sein häßliches rauhes Lachen. Aus den dunklen Ärmeln des Jacketts ragten die langen weißen, mit Härchen versehenen Finger hervor. „Was hattest du denn gedacht, mein Junge? Denkst du, ich wäre allein?"

„Ja, nein ..." Randy geriet ins Stottern. „Aber daß ausgerechnet sie, diese Frau ..."

„Es ist in unserem Job eben anders. Man arbeitete für den, der am meisten zahlt. Hast du Wilms gesehen, Betty?"

„Nein."

„Gut, ist er eingeweiht?"

„Auch nicht." Sie deutete auf Randy. „Nur der Junge."

Krapka nickte. „Sein persönliches Pech." Was er damit meinte, darauf ging er nicht näher ein, sondern warf einen Blick in die Luke. Seine Augen verengten sich dabei. „Eigentlich hätten wir damit rechnen müssen", flüsterte er.

„Sie waren sicher untergebracht."

„Das sagst du, Betty. Nun ja, ich habe auch gemeint, daß auf Vinzenz Verlaß wäre. Jetzt liegt er dort unten. Ist er tot?"

„Nur bewußtlos, nehme ich an."

Der Totengräber wandte sich wieder an Randy. „Ich habe lange genug gewartet, jetzt rück den verdammten Plan heraus."

„Den habe ich wirklich nicht!"

Krapka blickte Betty an. „Was meinst du?"

Sie hob die Schultern und ließ ihren Blick über Randys Gestalt gleiten. „Durchsucht habe ich ihn noch nicht."

„Dann werde ich das übernehmen." Krapka zog seinen Revolver. „Stell dich vor die Wand, streck die Arme aus und lehne dich dagegen. Los, Junge, mach schon."

Randy blieb nichts anderes übrig, als zu gehorchen. Er be-

kam noch mit, daß Krapka seine Waffe wieder verschwinden ließ, um bei der Untersuchung die Hände freizuhaben.

Betty Lange war zurückgetreten, sie hatte ihrem Kumpan den nötigen Platz verschafft.

Wenig später schon spürte Randy die widerlichen und harten

Fingerkuppen über seinen Körper gleiten. Dieser Krapka war ein Mensch, der seinen Job verstand.

Randy starrte gegen die Balken der Wand. Er dachte an Betty Lange, die Susanne und ihn als Anhalter aufgelesen hatte. Dabei waren sie noch an Krapka vorbeigefahren, doch beide hatten so getan, als würden sie sich nicht kennen.

Und nun hatten sie die Karten aufgedeckt.

Krapka leerte jetzt Randys Hosentaschen aus. Er fand ein Taschenmesser, Papiertaschentücher, auch einen Kugelschreiber und einen kleinen Zettelblock, aber keinen Briefumschlag, in dem die Papiere hätten versteckt sein können.

„Der hat sie wirklich nicht!“ sagte er wütend und schickte einen nicht druckreifen Fluch hinterher.

„Mist!“ schimpfte auch Betty. Sie schlug Randy auf die Schulter und zerrte ihn herum.

Sie starrten sich an. Das Gesicht der Frau hatte etwas Hexenhaftes und Wildes bekommen. „Ich will wissen, wo sich der Geheimplan Lemuria befindet. Du hast ihn nicht bei dir...“

„Trug er nicht eine Tasche bei sich?“ fragte Krapka.

„Ja, die ist im Wagen.“

„Dann schau mal nach.“

„Gut.“ Die Frau verschwand, während sich Krapka gegenüber an die Flurwand lehnte und Randy nicht aus den Augen ließ. „Dein Spiel wird verdammt heiß, Junge. Zu heiß für dich. Schon mancher hat sich daran die Finger verbrannt.“

Randy gab keine Antwort. Er starrte auf seine Zehenspitzen. Ihm war heiß geworden. Das lag nicht allein an der Temperatur, es war auch die Angst, die in ihm hochgestiegen war.

Wie würden Krapka und Betty Lange sich verhalten? Freunde waren die nicht, und sie gehörten zu den Menschen, die über Leichen gingen, wenn sie ihr Ziel erreichen wollten.

Die Zeit, in der sich die Frau draußen befand, kam Randy lang und gleichzeitig kurz vor. Schließlich kehrte Betty Lange zurück. Ihrem Gesicht war anzusehen, daß sie keinen Erfolg gehabt hatte.

„Nichts“, sagte sie, „in der Tasche ist der verdammte Plan auch nicht.“

„Dann muß er sie versteckt haben“, sagte Krapka.

Betty Lange runzelte die Stirn. „Vielleicht, aber ich bin mir nicht sicher.“

„Was sonst?“

„Er war doch mit seiner kleinen Freundin zusammen, dieser Susanne. Ich habe die beiden schließlich aufgelesen und mitgenommen.“

Randy erschrak heftig. Er hoffte nur, daß die beiden anderen nichts davon merkten, denn in seinem Innern brodelte es und seine Nerven waren zum Zerreißen gespannt.

„Stimmt!“ Krapka gab ein Lachen von sich. „Und du meinst, daß sie die Pläne haben könnte.“

„Es wäre zumindest eine Möglichkeit.“

Der Totengräber wandte sich an Randy. Sein rechter Arm schnellte vor, und die knochigen Finger krallten sich in den Stoff des Hemds, dicht unter dem Hals des Jungen. „Stimmt das?“

Was sollte Randy sagen? Er konnte Susanne nicht mit hineinreißen. Sie war bei ihrer Tante und...

„Stimmt das?“ schrie Krapka ihn an.

„Was denn?“

„Das mit deiner Freundin. Sie hat doch den Plan – oder?“

Der Mann drückte den Stoff so eng zusammen, daß Randy schon die Luft knapp wurde. Er atmete durch den offenen Mund, sah in die kalten Gesichter der Frau und des Mannes und wußte, daß er von ihnen kein Pardon zu erwarten hatte.

„Sie... sie ist bei ihrer Tante!“

„Na und?“

„Mehr weiß ich auch nicht.“

„Hat sie die Pläne?“ knurrte Krapka böse.

„Es kann sein.“

„Gib eine Antwort, sonst...“ Er preßte Randy hart gegen die Wand, so daß die Bohlen in dessen Rücken drückten.

„Nicht so heftig“, griff Betty Lange ein. „Du willst ihn doch nicht verletzen.“

„Ich will wissen, ob das Mädchen die Pläne hat.“

„Das kann ich nicht sagen!“ brachte Randy mühsam hervor.

Sein Gesicht war hochrot angelaufen. „Vielleicht hat sie den Umschlag auch schon versteckt."

Krapka ließ ihn los. Randy holte tief Luft. Endlich wieder. „Also doch", flüsterte der Totengräber, „sie muß die Pläne haben, das heißt, du hast sie ihr gegeben."

„Ja, aber..."

„Nichts aber, mein Junge. Gar nichts. Wenn sie die Pläne hat, dann werden wir sie uns holen. Wie heißt die Tante, bei der deine Freundin untergekommen ist?"

„Haake..."

„Gut, Junge, du wirst vernünftig. Jetzt brauchst du uns nur noch zu sagen, wo sie wohnt."

„Das weiß ich nicht."

Krapka ballte die rechte Hand zur Faust. Es sah aus, als wollte er sie dem Jungen ins Gesicht schlagen.

Betty Lange griff ein. „Laß das, Krapka, vielleicht weiß er es wirklich nicht. Die Adresse herauszufinden, dürfte für uns kein Problem sein, nicht wahr?"

„Klar. Wie war der Name noch?"

„Haake", wiederholte Randy leise.

Der Totengräber grinste. „Okay, Junge, ich warne dich zum letztenmal. Wenn du uns reingelegt hast, gibt es Ärger. Dann kannst du alles vergessen, vor allen Dingen deine Familie und dich selbst. Denke immer daran, daß die Bombe in eurem Schloß liegt und es in meiner Hand ist, wann sie explodiert."

„Ich weiß."

„Und wir werden uns jetzt um die Familie Haake kümmern", sagte die Frau. „Es ist nur gut, daß kein anderer davon weiß. Oder hast du noch jemandem davon berichtet?"

„Nein."

„Was ist mit Wilms?" fragte Krapka.

„Den habe ich nicht gesehen. Es kann natürlich sein, daß er auch schon in Kandersteg ist." Sie winkte ab. „Bis der die Spur aufgenommen hat, sind wir über alle Berge."

Krapka nickte und deutete auf Randy. „Er ist jetzt die Gefahr, denn er ist ein Zeuge."

„Machen wir ihn stumm."

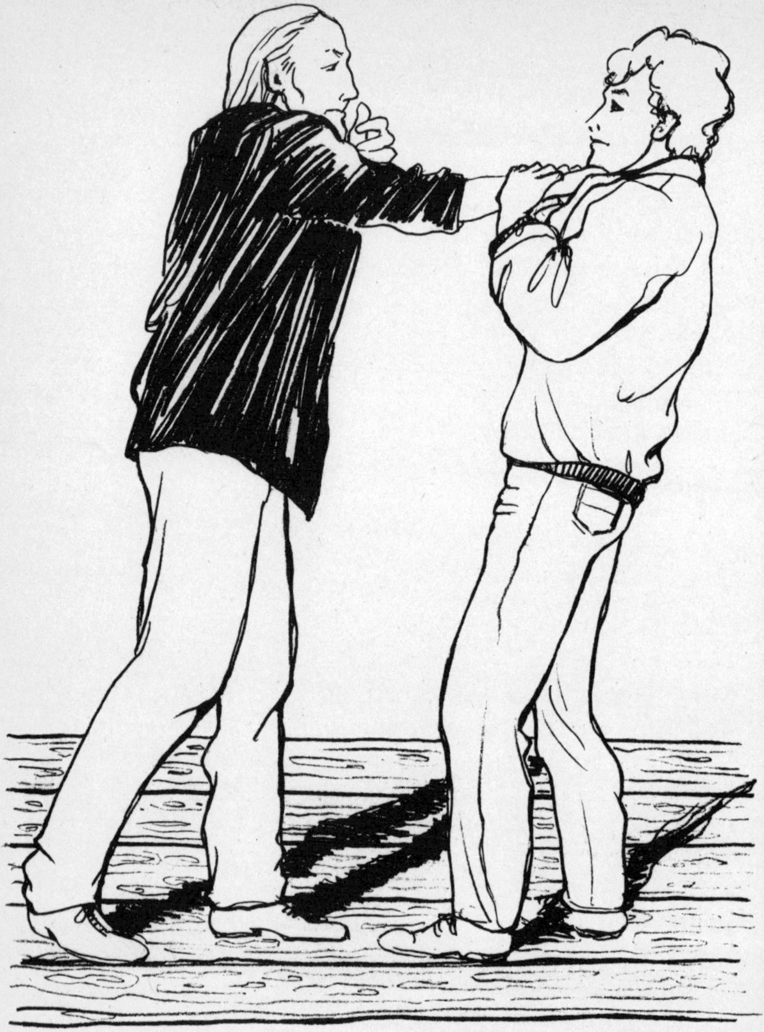

„Mit einer Kugel?"

„Unsinn, wir sperren ihn ein. Er soll dem Bewußtlosen Gesellschaft leisten. Hier kann er schreien, so laut er will, gehört wird er sowieso nicht." Sie wandte sich jetzt direkt an Randy. „Wenn du uns reingelegt hast, Junge, kommen wir zurück.

Dann kannst du was erleben, denn ich werde Krapka nicht noch einmal zurückhalten, klar?“

Randy nickte verbissen.

Betty Lange lächelte ihn an, streckte ihm den Arm entgegen und tätschelte seine Wange.

In diesem Moment handelte Randy reflexartig. Er packte das Handgelenk der Frau, hob gleichzeitig sein Bein, rammte den Fuß vor, traf Betty auch und ließ sie los, als sie Schwung bekam.

Sie flog rücklings gegen den Totengräber.

Randy aber wirbelte herum. Zwei Sprünge brauchte er bis zur offenstehenden Tür.

Eine Sekunde später war er draußen!

6. Elas toller Trick

Es war eine lange Zeit der Angst für Turbo und Ela gewesen. Ein Warten zwischen Furcht und Hoffen. Die beiden Männer waren immer nervöser geworden. Öfter als sonst schauten sie auf die Uhr und sahen sich dann beunruhigt an.

Sie hatten den Freunden auch verboten, miteinander zu sprechen. Wenn jemand redete, waren sie es. Zumeist stießen sie Drohungen aus, die sich gegen die Familie Ritter richteten.

Allmählich neigte sich die Sonne dem Horizont entgegen. Ihre Strahlen besaßen nicht mehr die Wärme des Mittags, und die Bäume warfen schon lange Schatten. Bis zur Dunkelheit würde es nicht mehr lange dauern.

Wieder schaute der schwarzhaarige Schmidt auf seine Uhr. „Ich müßte noch einmal anrufen“, murmelte er.

„Soll ich nicht lieber gehen?“ fragte Meier. Er lehnte am Wagen und kaute auf einem Streichholz.

„Ja.“

„Was ist, wenn alles schiefgelaufen ist?“

Schmidt hob lässig die Schultern. „Werden wir die Bombe wohl zünden müssen, und das haben sich unsere Freunde dann selbst zuzuschreiben. Nicht wahr?"

Turbo und Ela waren angesprochen, sagten aber nichts. Dieser schlimmen Drohung konnten sie nichts entgegensetzen. Schmidt schaute seinem Kumpan nach, als dieser davonging.

„Er wird sich jetzt erkundigen, ob der Zug in Kandersteg eingetroffen ist. Wenn nicht ... ihr wißt ja Bescheid."

„Aber da kann doch Randy nichts dafür!" stieß Ela hervor.

„Wer weiß ..."

Schmidt wollte nicht mehr sprechen. Er hockte schräg auf dem Fahrersitz des Senators. Seine Beine ließ er nach draußen baumeln, denn die Tür stand weit offen.

Extra zu bewachen, brauchte er die Kinder nicht. Seine Drohung reichte aus. Sollten sich die beiden vom Wagen entfernen, würde er die Bombe zünden, so einfach war das.

Turbo und Ela warteten voller Ungeduld, Angst und Hoffnung auf die Rückkehr des blonden Mannes. Ihre Handflächen hatten einen Schweißfilm bekommen, und sie rutschten unruhig auf den Sitzen hin und her.

Schmidt drehte sich um. „Wenn euer Freund vernünftig ist, geht alles glatt aus. Wenn nicht, sehe ich für ihn und euch alle schwarz."

„Er kann doch nichts ausrichten", sagte Ela.

„Doch, an ihm hängt es. Sobald wir Bescheid bekommen haben, daß sich die Pläne in den Händen unserer Freunde befinden, werden wir verschwinden und die Bombe mitnehmen. Wenn nicht – nun ja ..." Er kicherte und richtete sich auf, als er seinen blonden Kumpan entdeckte, der sich einen Weg durch die Büsche bahnte.

„Jetzt entscheidet es sich!" sagte er und ging Meier entgegen. Die Freunde waren bleich geworden.

„Was können wir denn tun?" hauchte Ela.

„Vorerst nichts", flüsterte Turbo zurück.

„Und wenn ..."

„Sei mal ruhig."

Schmidt und Meier waren zusammengetroffen. Der Kantige

mit den hellen Haaren erstattete Bericht. Er sprach so laut, daß auch Ela und Turbo ihn verstehen konnten.

Gleich nach dem ersten Satz fiel ihnen ein Stein vom Herzen. „Ich habe in Kandersteg bei der Bahn angerufen. Der Zug ist mit über einer Stunde Verspätung eingetroffen."

„Und Krapka?"

„Keine Ahnung."

„Verflixt." Schmidt überlegte. „Was machen wir denn jetzt?"

„Ich könnte in das Lokal gehen und noch eine halbe Stunde warten. Krapka wird die Nummer bestimmt wählen."

„Das wäre nicht schlecht."

Ela und Turbo wußten, daß die beiden Männer ein in der Nähe liegendes Gartenlokal als Kontaktadresse benutzten. Wenn sich irgend etwas ereignete, wurde von der Schweiz aus im Restaurant angerufen.

„Was ist?" fragte Meier.

„Gut, geh hin und warte. Krapka muß sich ja melden."

„Wie lange soll ich ihm geben?"

„Eine Stunde!"

„Von jetzt an gerechnet?"

Schmidt nickte und schaute gemeinsam mit Meier auf die Uhr. „Jawohl, von jetzt an."

Meier war zufrieden. Er warf noch einen letzten Blick auf den Senator und grinste die beiden Freunde kalt an. Dann drehte er sich um und verschwand lautlos.

Wieder begann das lange Warten. Da Schmidt draußen vor dem Wagen stehenblieb, konnten sich Ela und Turbo unterhalten, ohne daß sie gehört wurden.

„Eine Stunde", hauchte das Mädchen. „Eine Galgenfrist. Können wir die nutzen?"

„Wie denn?"

„Ich... ich zerbreche mir den Kopf."

Turbo grinste schief. „Das tue ich auch. Ist bei dir etwas herausgekommen?"

Sie wollte eine Antwort geben, aber Schmidt trat einen Schritt näher heran, deshalb wechselte sie blitzschnell das

Thema. „Ich würde jetzt am liebsten meine Staffelei holen und malen. Der Herbst ist so herrlich…"

„Du malst?" fragte Schmidt.

„Ja."

Er beugte sich zum Wagenfenster vor. „Was denn?"

„Das kann man nicht erkennen", erklärte Turbo und bekam dafür einen Stoß in die Rippen.

Schmidt lachte über die Antwort. „Na ja, Humor habt ihr noch. Seid froh darüber. Noch hängt alles in der Schwebe. Ob das Ding in die Luft fliegt oder nicht, hängt allein von einem Anruf ab. Spannung, nicht wahr?" Er richtete sich wieder auf und ging ein paar Schritte weiter.

Ela und Turbo starrten auf Schmidts Rücken. „Der ist irgendwo widerlich und fies", sagte sie.

„Und Meier?"

„Der auch."

Turbo erinnerte sich wieder daran, daß ihm Ela hatte etwas erklären wollen. „Wolltest du mir nicht was sagen?"

Sie nickte heftig, schaute noch einmal zu Schmidt hin und wandte sich dann Turbo zu. „Solange dieser Meier weg ist, haben wir es nur mit einem zu tun", flüsterte sie.

„Und?" Turbo hob die Schultern. „Mistkerle wie die sind immer bewaffnet."

„Ja, wir müssen eben schlauer sein."

„Wie schlau?"

„Vielleicht gelingt es uns, ihm die Fernbedienung wegzunehmen. Wäre doch was – oder."

„Du bist wahnsinnig!"

„Nicht so laut, Mann. Denk lieber darüber nach. Wäre das eine Chance oder nicht?"

Turbo nickte nachdenklich. „Eine Chance wäre das schon. Fragt sich nur, wie wir an das Ding herankommen."

„Ich habe gesehen, daß er die Fernbedienung in die rechte Manteltasche gesteckt hat. Wir müssen ihn eben überraschen. Das könntest du doch am besten."

Turbo zog die Mundwinkel schief. „Wie soll ich das denn anstellen?"

„Laß dir was einfallen." Ela zwinkerte ihm zu. „Du könntest ja mal austreten wollen."

An diesem Tag war der Junge aus Japan, der eigentlich Toshikiara hieß, ziemlich begriffsstutzig. „Wie weiter?"

„Ist doch leicht. Vielleicht findest du einen Knüppel oder was anderes. Wir müssen ihn nur ausschalten. Der ist so sicher, daß er meint, er hätte gewonnen."

Turbo hatte noch seine Bedenken. „Und wenn etwas schiefgeht?"

Ela schluckte. „Damit beschäftige ich mich erst gar nicht. Es könnte aus sein."

„Das meine ich auch!"

„Anders gesehen haben wir es jetzt auch nicht unbedingt besser, meine ich. Wir müssen was machen. Wenn dieser Meier zurückkehrt und keine gute Nachricht mitbringt, sehe ich schwärzer als schwarz."

„He!" Schmidt war aufmerksam geworden. „Was tuschelt ihr da herum." Er schlenderte näher.

Wieder übernahm Ela Schröder die Initiative. „Es ist komisch", sagte sie und grinste dabei. „Aber Turbo müßte mal in die Büsche. Sie... Sie verstehen doch?"

„Klar! Kannst du's nicht halten?"

„Nein, Herr Schmidt, ich..." Turbo schwieg und verzog das Gesicht. Er hatte sich blitzschnell entschlossen, auf das Spiel einzugehen.

Schmidt strich durch sein Haar. „Das gefällt mir nicht."

„Wenn er doch muß!"

„Okay, Mädchen, du bist ja bei mir. Steigt beide aus, und du bleibst in meiner Nähe."

„Klar doch!" Ela traute sich nicht, auf Turbo zu schauen. Sie blickte nach unten, als sie die Tür öffnete und den Wagen verließ. Kurz nach ihr kletterte auch Turbo aus dem Senator.

Er atmete tief durch. Schmidt beobachtete ihn genau. Es gab genügend dichte Büsche in der unmittelbaren Umgebung. „Lauf nur nicht zu weit weg, Freund..."

„Keine Sorge, das werde ich nicht, Herr Schmidt."

„Es ist außerdem in deinem Sinne."

„Klar."

Schmidt winkte Ela zu sich heran, während Turbo den Weg in die Büsche einschlug.

Er mußte tatsächlich zur Toilette, aber das konnte auch an der Aufregung liegen. Ohne sich umzuschauen, verschwand er zwischen den Büschen, duckte sich dort nieder und schlich – ebenfalls in gebückter Haltung – in eine andere Richtung, denn er wollte unbedingt in den Rücken von Schmidt kommen. Er hoffte nur, daß sich die Zweige nicht zu stark bewegten, damit der Mann nicht aufmerksam wurde.

Turbo suchte den Boden ab. Irgendwo mußte doch etwas zu finden sein, das sich als Wurfgeschoß eignete. Ein Stück Holz war zu leicht, da war ein Stein schon besser.

Er sah keinen. Wenn es Erhöhungen auf dem Untergrund gab, dann waren es regelrechte Buckel aus Erde und hartem Lehm, gegen die Turbo hin und wieder mit der Fußspitze stieß.

Einer war besonders hart.

Der Junge bückte sich noch tiefer, tastete mit beiden Händen nach und hatte tatsächlich das Glück, einen Stein zu finden, auch wenn dieser am Boden festgebacken war.

Turbo riß und zerrte heftig daran. Mit einem letzten Ruck hatte er ihn frei.

Der Stein war größer als seine Hand und ziemlich schwer. Wer ihn draufbekam, dem würde es schlecht ergehen.

Turbo wollte nicht auf den Kopf des Mannes zielen, aber die Überraschung sollte schon gelingen.

Der Junge richtete sich in dem Moment auf, als Schmidt sich darüber beschwerte, daß er zu lange wegblieb.

„Er kommt bestimmt gleich", sagte Ela schnell.

Turbo schaute über die Zweige hinweg. Ela und Schmidt drehten ihm den Rücken zu. Ein paar sehr hochgewachsene Zweige hinderten ihn am genauen Zielen. Mit der linken Hand schob er sie zur Seite, mit der rechten aber holte er weit aus.

„Ich bin es leid, verdammt!" sagte Schmidt soeben und wollte sich umdrehen, als Turbo den Stein schleuderte.

Gespannt und mit angehaltenem Atem verfolgte er den Flug des Wurfgeschosses – und sah den Treffer.

Zwischen Rücken und Hals bekam Schmidt den harten Schlag. Der Aufprall wuchtete ihn nach vorn, er fiel sogar zu Boden, schrie auch auf, und Ela erwachte wie aus einer tiefen Lethargie.

Sie ließ sich ebenfalls auf die Knie fallen. Schlangengleich glitt ihre rechte Hand in die Manteltasche des Mannes, sehr vorsichtig holte sie den kleinen rechteckigen Gegenstand hervor. Sie durfte um Himmels willen nicht den Knopf der Fernzündung berühren.

Turbo stürmte aus dem Gebüsch, als Ela sich drehte, während sie in die Höhe schnellte. „Ich habe es!“ rief sie und huschte zur Seite.

Turbo nickte nur. Er war weiß im Gesicht geworden. Dann warf er einen Blick auf Schmidt. Der lag auf dem Gesicht und stöhnte. Am Hals war die Haut aufgerissen, dort hatte den Mann die Kante des Steins verletzt.

„Weg!“ schrie Turbo. „Nichts wie hin zum Schloß, bevor sie kommen und...“

Ela gab keine Antwort. Sie stürmten zu ihren Rädern. Ela hielt das Gerät so hoch, daß sie nicht aus Versehen auf einen der beiden Knöpfe drücken konnte. Die Räder hatten sie ziemlich schnell erreicht. Sie lagen noch so, wie sie von ihnen verlassen worden waren.

„Willst du es haben?“

„Okay, gib her.“ Turbo steckte den kleinen Kasten in die Außentasche seiner Jacke.

Dann radelten sie los.

Noch immer gepeitscht von der Angst im Nacken, sausten sie nebeneinander zurück zum Schloß. Aber sie hatten einen Teilsieg errungen und waren endlich soweit, daß sie die Polizei alarmieren konnten.

Zwar besaß die Bombe auch einen Zeitzünder, aber das Risiko mußten sie eben eingehen. Allerdings glaubten sie, daß er auf einen sehr späten Zeitpunkt eingestellt worden war, sonst hätten die beiden Männer sie nicht noch zusätzlich an eine Fernbedienung angeschlossen.“

„Was willst du jetzt mit der Bombe machen?“ rief Ela.

„Die bringen wir aus dem Schloß!“

Das Mädchen verdrehte die Augen. „Ich bete, daß alles klappt.“

„Ich auch“, flüsterte Turbo...

Blaß und überrascht öffnete Frau Ritter die Tür. Sie hatte die beiden schon draußen gesehen, wie sie ihre Räder abgestellt hatten und dann auf den Eingang zugehetzt waren.

„Wir haben es!“ rief Ela, die als erste das Schloß betrat. „Ja, Frau Ritter, wir haben es!“

„Was denn?“

„Die Fernbedienung.“ Ela stieß das Wort keuchend hervor. Ihre Augen glänzten dabei.

Turbo schloß die Tür. Er betrat langsam die Halle und nickte in Frau Ritters Richtung. „Sie hat recht, wir haben die Fernbedienung.“ Er holte aus der Tasche den Kasten hervor.

Frau Ritter hatte nicht alles genau mitbekommen, deshalb zuckte sie zurück, als sie das Gerät sah. Turbo balancierte es auf seiner Handfläche. Auch sein Gesicht hatte den angespannten Ausdruck behalten, aber in den Augen leuchtete Triumph. „Ela hat es geschafft. Sie entwendete diesem Schmidt die Fernbedienung.“

Frau Ritter hob die Schultern. „Wovon? Ich höre immer nur Fernbedienung. Meint ihr die Bombe?“

„Jaaa!“ schrien Ela und Turbo zugleich.

„Mein Gott!“ Marion Ritter schug gegen ihre Stirn. „Jetzt ist mir alles klar. Ihr habt tatsächlich die ... die ...“

„Jetzt brauchen wir nur noch die Bombe!“ sagte Turbo.

„Die können wir ja holen“, meinte Ela.

„Denkt ihr dabei auch an den Zeitzünder?“

„Frau Ritter“, flüsterte Turbo. „Daran denken wir. So wie bisher alles gelaufen ist, können wir davon ausgehen, daß die Bombe in der nächsten Stunde bestimmt nicht explodiert.“

Sie hob die Schultern. „Ihr habt mich überrascht, das merkt ihr ja. Dabei hatte ich an etwas anderes gedacht. Mein Mann rief an. Er und Alfred sind wieder frei!“

„Echt?“ staunte Ela.

„Wenn ich es euch sage!“

Sie wollten jubeln, doch Frau Ritter winkte ab. Ihre Augen bekamen einen traurigen Ausdruck. „Aber von Randy habe ich leider noch nichts gehört. Ich weiß nicht einmal, ob er angekommen ist.“

Sofort schwand die Hochstimmung der Freunde. Ela redete davon, daß sich Frau Ritter keine Sorgen zu machen brauchte.

Turbo aber dachte an die Bombe. „Ich werde sie jetzt aus dem Keller holen!"

„Das ist viel zu gefährlich!" rief Marion Ritter.

„Was sollen wir denn sonst machen?"

„Die Polizei rufen!"

„Das sowieso, Frau Ritter. Nur, bis die hier ist, können auch Schmidt und Meier das Schloß erreicht haben. Es ist wirklich besser, wenn ich sie in den Rhein werfe."

„Kinder, ihr macht mich noch halb wahnsinnig." Marion Ritter stand auf und zerwühlte vor Nervosität ihre Haare.

„Rufen Sie doch Kommissar Hartmann an. Ich werde die Bombe inzwischen wegbringen." Der Kommissar war ein Freund der Familie und arbeitete in Düsseldorf.

Frau Ritter hatte noch einen Einwand. „Was ist genau mit den beiden Männern?"

„Einen hat Turbo außer Gefecht gesetzt", erzählte Ela. „Er hat ihn mit einem Stein beworfen. Dieser Meier ist telefonieren gegangen, glaube ich, oder soll angerufen werden. Das kann etwas dauern. Deshalb haben wir eine Chance."

Frau Ritter wußte, daß die Entscheidung jetzt allein in ihren Händen lag. Was konnte sie tun?

„Ich gehe in den Keller", sagte Turbo und versuchte, seiner Stimme einen festen Klang zu geben. Klar, auch er hatte Angst und spielte sie nur herunter.

Niemand hatte einen Einwand. Den Weg zur Bombe kannte Turbo. Er erinnerte sich noch daran, wie sie den Kasten gefunden hatten und dabei dem leisen Ticken gefolgt waren.*

Allein schritt er in den Keller. Er hörte auch nicht mehr die Stimmen aus der Diele, dafür konzentrierte er sich auf seinen Herzschlag, der ihm überlaut vorkam.

Die Treppe, die Stufen, die Wände, das darüber hinwegstreichende Licht, all das verwandelte sich in eine Turbo gänzlich fremd vorkommende Umgebung. Er kannte den Weg im

* Siehe Schloß-Trio Band 7: „Der Jenseits-Expreß"

Schlaf. Nun war ihm, als würde er ihn zum erstenmal gehen.

Dann sah er die Bombe!

Einen einfachen Metallkasten, der nach nichts aussah, aber einen höllischen Inhalt verbarg.

Neben der Bombe ging er in die Knie. Seine Glieder zitterten. Er hörte auch das leise Ticken.

Der Zeitzünder war eingestellt...

Aber auf welche Uhrzeit? Turbo erinnerte sich daran, daß Ela vorgeschlagen hatte, einen Bombenentschärfer kommen zu lassen. Das würde jetzt zu lange dauern, sie mußten diesen gefährlichen Sprengsatz so rasch wie möglich aus dem Schloß schaffen.

Turbo preßte seine Hände um die beiden Schmalseiten des Kastens. Dann hob er die Bombe an und wunderte sich darüber, wie leicht sie im Prinzip war.

Nun bekam er auch die Rückseite zu Gesicht. Dort war eine winzige Lampe, die intervallweise aufleuchtete.

Turbo war angespannt, das merkte er auch, als er die Arme etwas streckte. In den Muskeln, nahe der Schultern, spürte er ein Zittern. Auf seinem Gesicht lag Schweiß, die Lippen zuckten, aber es gab kein Zurück. Er mußte den Weg einfach gehen.

Vor ihm stieg die Treppe in die Höhe. Der Junge hatte den Eindruck, als würden sich die Stufen bewegen. Wenn er beim Hochlaufen der Treppe stolperte, konnte alles aus sein.

Die erste Stufe...

Noch nie im Leben hatte Turbo sich vor dem Hinaufgehen einer Treppe derart gefürchtet. Schaffte er es, schaffte er es nicht? Sein Hals war trocken geworden, er atmete durch den offenen Mund und außerdem sehr flach.

Die zweite, die dritte und die vierte Stufe ließ er hinter sich. Es klappte besser, als er es sich gedacht hatte, auch wenn er sich nicht mit einer Hand am Geländer festhalten konnte.

Auf seinem Rücken lag der Schauer wie festgefroren. Noch immer schlug das Herz zum Zerspringen. An seinem Körper klebte der Schweiß, er hatte den Wunsch, sich zu kratzen, was natürlich nicht ging, da er die Bombe mit beiden Händen festhalten mußte.

Hinzu kam dieses verfluchte Ticken.

Leise, aber immer vorhanden, als wäre es ein Wegweiser in die große Gefahr und als würde es ihm sagen, wie sehr er sich in acht zu nehmen hatte.

Turbo schaffte die Treppe. Am liebsten hätte er gejubelt, ließ das aber wohlweislich bleiben. Er sah in der Halle Ela Schröder und Frau Ritter stehen.

Die beiden schauten ihn an. Auf ihren Gesichtern lag eine kaum zu beschreibende Spannung, die zugleich ihre Angst und Hoffnung widerspiegelte.

Elas Augen waren übergroß. Sie hatte die Hände zu Fäusten geballt. Man sah ihr an, wie sie Turbo die Daumen drückte, daß er es schaffte. Auch Frau Ritter sah kaum anders aus.

Beide lauschten dem Ticken und den Schritten des Jungen, der sich auf die Tür zubewegte. Er hatte sich von Ela und Frau Ritter abgedreht, die plötzlich zur Tür lief und sie Turbo öffnete, so daß er das Schloß verlassen konnte.

Der Junge atmete tief ein. Die erste Etappe hatte er hinter sich gelassen, aber eine zweite, wesentlich längere lag noch vor ihm.

Er konnte nur hoffen, daß die Zeitbombe nicht genau auf diese Minuten eingestellt war, und jetzt in seinen Händen explodierte.

Das Ticken begleitete ihn auch auf seinem weiteren Weg. Es war ein schreckliches Geräusch, und es kam Turbo, je länger er sich damit beschäftigte und nach ihm lauschte, immer lauter vor.

Es zerrte an seinen Nerven, war eine Warnung, auf keinen Fall mit der Aufmerksamkeit nachzulassen.

Den Weg zum Rhein war er schon oft gegangen. Er kannte ihn im Schlaf, aber noch nie hatte er dabei eine Bombe getragen. Der schmale Pfad lief in Kurven und Kehren dem grauen Strom entgegen, den Turbo diesmal aber überhaupt nicht wahrnahm, so sehr konzentrierte er sich darauf, die Bombe zu tragen.

Vorhin im Keller, da hatte er sich über das geringe Gewicht gewundert. Das stimmte nun nicht mehr. Je länger er die Bombe trug, um so schwerer kam sie ihm vor. Sie schien sich verändert zu haben und jetzt aus purem Blei zu bestehen. Außerdem waren seine Hände schweißnaß. Er mußte sich noch mehr konzentrieren, damit ihm der Kasten nicht entglitt.

Der noch warme Herbstwind fächelte in sein Gesicht, obwohl der Abend schon nahe war, doch die Sonne hatte es an diesem Tag besonders gut gemeint. Sogar Wespen surrten. Einige flogen dicht an Turbos Gesicht vorbei, und er bekam Angst davor, daß sie ihn eventuell stechen konnten.

Allmählich wurde das Gelände flacher und war nicht mehr so dicht bewachsen. Nur noch wenige Bäume begleiteten den Weg. Dieser Teil gehörte zum Überschwemmungsgebiet des Rheins.

Turbo hörte das Rauschen des Stroms, das Klatschen der Wellen gegen das Ufer, aber er sah ihn nicht. Er sah nur den Kasten zwischen seinen feuchten Handflächen.

Wie lang dieser Weg doch werden konnte!

Turbo war erst Minuten gegangen, ihm aber kam es vor, als wäre er schon Stunden unterwegs.

Endlich hatte er es geschafft und die kiesigen Steine des Ufers erreicht. Wasser leckte heran, Wellen überschnitten sich gegenseitig, liefen aus. Turbo blieb auch jetzt nicht stehen. Er wollte in den Fluß hineingehen, um den Kasten möglichst weit wegwerfen zu können.

Das Wasser schwappte gegen die Hosenbeine, drang in die Schuhe, aber er ging weiter.

Zwei große Schiffe begegneten sich, die Wellen schlugen höher, wirkten wie graues, wanderndes Glas, klatschten gegen Turbos Oberschenkel, zerrten an ihm, so daß er Mühe mit dem Gleichgewicht bekam.

Weiter wollte Turbo nicht laufen.

Er blieb stehen und hob beide Arme so weit an wie möglich. Noch hielt er die Bombe fest, dann drückte er die Arme nach hinten, holte weit aus, setzte all seine Kraft ein und schleuderte den Kasten nach vorn.

Er klatschte in das Wasser, wurde verschluckt, und Turbo schrie auf. Erleichterung, Glück, das Verfliegen der Angst, all das machte sich in einem Schrei Luft.

Geschafft!

Turbo sprang zurück. Es kümmerte ihn nicht, daß seine Hosenbeine naß geworden waren, er wußte nur, daß die erste große Gefahr gebannt worden war. Glücklicherweise hatte der Zünder nicht auf den Aufprall gegen die Wasseroberfläche reagiert. Allerdings war die Gefahr auch mit dem Entfernen der Bombe aus dem Schloß nicht verschwunden. Wenn sie hier im Wasser explodierte, konnte sie noch immer einen relativ großen Schaden anrichten.

Jetzt sollten sich andere Leute um das Entschärfen der Bombe kümmern. Turbo hoffte auch, daß Frau Ritter mittlerweile die Polizei alarmiert hatte. Er lief zum Schloß zurück. Sein Atem ging schwer, er fühlte sich erschöpft. Die letzten zehn Minuten – oder waren es mehr gewesen – hatten ihn arg geschlaucht.

„Turbo...!“ Er hörte die helle Stimme des Mädchens und sah, daß Ela ihm zuwinkte.

Sie hielt nichts mehr vor dem Eingang, sie rannte dem Jungen entgegen, der stehengeblieben war und sich in Elas Arme warf. „Geschafft!“ keuchte er, „geschafft. Sie ist weg, die Bombe ist weg...“ Er lachte plötzlich, obwohl ihm danach nicht zumute war, es mußte einfach heraus.

Ela starrte ihn an, als wollte sie nicht glauben, was sie gehört hatte. „Du bist toll, Turbo, echt. Einsame Spitze.“

Der Junge wischte über sein Gesicht. Auf der Hand blieb ein nasser Fleck zurück. „Ich habe vielleicht geschwitzt“, keuchte er. „Jeden Moment habe ich geglaubt, die Bombe würde detonieren. Aber jetzt...“ Er schaute sich um und ließ seinen Blick auch zu den Baumkronen hochwandern. „Das Zwitschern der Vögel kommt mir plötzlich viel heller vor. Als wäre ich neu geboren worden.“

„Das kann ich mir denken.“

Turbo dachte wieder nüchterner. „Was ist eigentlich mit der Polizei?“

„Die hat Frau Ritter schon angerufen.“

„Gut. Und die beiden?“

Das Mädchen zuckte mit den Schultern. „Von Schmidt und Meier haben wir bisher nichts gesehen. Vielleicht sind sie so schlau gewesen und haben aufgegeben.“

„Nein, Ela, die nicht.“

„Was können sie denn jetzt noch erreichen? Die Bombe liegt im Fluß, da beißt die Maus keinen Faden ab. Wenn die...“

„Was ist mit der Fernbedienung?“

Ela bekam runde Augen. „Ja, die habe ich vorhin in der Halle gesehen.“ Sie lächelte. „Damit könnten wir die Bombe ja hochgehen lassen.“

Turbo wehrte heftig ab. „Auf keinen Fall. Wenn sie noch funktioniert und hier in die Luft fliegt, kann sie noch genügend Unheil anrichten. Ich denke da an den Druck, der die Wassermassen in Bewegung setzt, und auch an die Schiffe, die in der Nähe vorbeifahren. Nein, wir lassen sie dort. Ich weiß ja, wo sie liegt. Darum kann sich die Polizei kümmern.“

„Meinetwegen.“

Sie hatten mittlerweile das Schloß erreicht und gingen in die

Halle. Frau Ritter, die sich in der Küche aufhielt, hörte ihre Schritte und lief ihnen entgegen.

Sie war nicht mehr so blaß wie noch vor einer Viertelstunde. Auf den Wangen zeichnete sich eine Rötung ab, und sie sah an Turbos erleichtertem Lächeln, daß er es geschafft hatte.

„Junge“, freute sich Frau Ritter und nahm Turbo in die Arme.

Es tat ihm gut, so gedrückt zu werden. Jetzt erst kam ihm so richtig zu Bewußtsein, was er geleistet hatte. Turbo spürte plötzlich ein komisches, weiches Gefühl in den Knien und fragte leise: „Kann ich mich setzen, Frau Ritter?“

„Aber sicher.“

Er drückte sich in einen der Sessel vor dem gemauerten Kamin. Das Zittern blieb. Es war einfach der Schock, die Nachwirkungen des Stresses, und er schaute Ela Schröder an.

„Habe ich was?“

„Du hast es eigentlich verdient.“

„Was?“

„Das Lob. Du hast dem Kerl die Fernbedienung abgenommen. Das war schon stark.“

„Hör auf, es war Glück.“

Frau Ritter brachte Saft. „Der wird euch guttun“, sagte sie.

Er tat ihnen gut. Turbo leerte sein Glas mit Vitaminsaft bis zum Grund. Als er es abstellte, fragte er: „Was ist mit der Polizei, Frau Ritter? Wann kommen die Männer?“

„Ich habe mit Kommissar Hartmann telefoniert und ihm alles erklärt.“ Frau Ritter senkte den Kopf, sie wirkte etwas verlegen. „Er hat mich ausgeschimpft, der gute Horst. Jetzt ist natürlich Holland in Not. Er wird selbst hier erscheinen und auch die entsprechenden Spezialisten mitbringen. Eigentlich wollte er sich noch mit den Schweizer Kollegen in Verbindung setzen, davon habe ich ihm aber abraten können. Mein Mann ist frei. Er wird vielleicht selbst die nötigen Schritte unternehmen können, hoffe ich.“

„Und Randy?“ fragte Turbo.

„Das weiß keiner von uns.“

Turbo schaute zu Boden, auch Ela sagte nichts. Eine Pause

der Verlegenheit entstand. Jeder von ihnen hätte Randy so gern geholfen, aber sie waren zu weit entfernt. Was immer sie auch taten, es hätte möglicherweise falsch sein können.

Ela kam der richtige Gedanke. „Dieser Meier ist doch telefonieren gegangen. Der wird bestimmt mehr wissen."

„Willst du den denn fragen?"

„Nein, Frau Ritter. Die beiden sind sowieso gefährlich genug. Wenn die herausgefunden haben, wie sehr wir sie reingelegt haben, kennen sie keine Rücksicht."

„Aber wir müssen wissen, was mit Randy ist!" Marion Ritter schaute auf das Telefon. „Wenn ich nur wüßte, wie ich meinen Mann an die Strippe bekomme..."

„Er wird sich sicherlich noch einmal melden", sagte Turbo.

„Meinst du?"

Ela war zu einem der Fenster gegangen und schaute auf den Platz vor dem Schloßeingang, wo auch der Weg auslief. Drei Laubbäume standen dort um eine kleine Bank.

Eine gemütliche Ecke, richtig heimelig, aber der Eindruck verschwand fast augenblicklich, denn die Schnauze eines langsam fahrenden Wagens schob sich um einen Buschgürtel.

Es war ein Opel Senator, und den fuhren nun mal Schmidt und Meier. Der Schreck traf Ela tief. Sie hatte das Gefühl, im Boden versinken zu müssen. Das konnte nicht wahr sein. Hatten sich die Kerle so schnell wieder erholt?

Der Wagen rollte dicht vor dem Eingang aus. Auch Frau Ritter und Turbo waren aufmerksam geworden. Marion Ritter erhob sich. „Ist etwas?"

Ela drehte sich um. „Ja, ja, die beiden sind da. Schmidt und Meier. Sie... sie wollen zu uns."

Auch Turbo war blitzschnell auf den Beinen. Er rannte zum Fenster, während Frau Ritter die Tür von innen verschloß.

Schmidt machte den Anfang. An der Stelle, wo ihn der Stein erwischt hatte, blutete er auch jetzt noch. Sein Gesichtsausdruck sagte alles. Rücksicht würde er nicht mehr kennen.

Meier hämmerte die Wagentür zu. Er blieb hinter seinem Kumpan, der längst die Gesichter von Ela und Turbo hinter der Fensterscheibe entdeckt hatte.

„Öffnet!“ rief er.

„Nein!“

Schmidt nickte, drehte sich um und sagte etwas zu Meier, das im Schloß keiner verstehen konnte.

Der Blonde mit dem kurzen Schnitt drehte sich auf der Stelle um und ging zum Wagen, wo er den Kofferraum öffnete.

Ela hob die Schultern. „Was hat er denn jetzt wieder vor?“ hauchte sie.

„Keine Ahnung.“

„Bestimmt nichts Gutes“, meinte Frau Ritter. „Wir haben die Kerle gereizt, ihr habt sie reingelegt, sie sind wütend, sie werden entsprechend handeln.“

Das war auch der Fall. Der Blonde hatte nicht lange im Kofferraum herumsuchen müssen und bald gefunden, was er wollte.

Einen schweren Wagenheber. Er hielt ihn so lässig, als wäre dieser aus Pappe.

Was er damit vorhatte, war klar. Damit würde er die Scheiben einschlagen, falls Marion Ritter den Männern nicht freiwillig Einlaß gewährte...

7. Gefahr für Randy

Randy hatte alles auf eine Karte gesetzt, und die Furcht hatte ihm zusätzlich gewaltige Kräfte verliehen. Deshalb war es ihm auch gelungen, sich mit einem Sprung über die Türschwelle hinaus ins Freie zu katapultieren.

Betty Lange und der Totengräber hatten mit sich selbst genug zu tun. Randy bekam die Chance zur Flucht.

Er huschte wie ein Schatten aus der Hütte und tauchte in die Deckung des nahen Waldes.

Ihm war natürlich klar, daß Betty Lange und Krapka nicht aufgeben würden, ihn zu jagen. Sie mußten ihn einfach stellen, denn er kannte die Pläne der beiden Verbrecher und nur er konnte die Haakes vor den Absichten der beiden warnen.

Zuvor aber mußte er Krapka und Betty Lange entkommen und dann die Haakes finden. Daß sie in Kandersteg wohnten, war klar. Nur die genaue Adresse kannte er nicht.

Der Totengräber und seine Komplizin nahmen die Verfolgung auf. Randy hörte ihre Stimmen. Sie klangen schrill und böse. Betty machte Krapka Vorwürfe, die dieser zurückgab.

Solange die beiden sich stritten, würden sie kaum an eine Verfolgung denken, was Randy wiederum zugute kam. Er riskierte es und lief auf eine Gruppe von dicht stehenden Bäumen zu, zwischen denen Farne, Gras und Gestrüpp wuchsen.

Randy sprang hinein und war plötzlich wie vom Erdboden verschluckt. Vom Gebüsch verdeckt, befand sich dort nämlich eine Mulde, in die er jetzt gerutscht war. Der Junge hätte vor Schreck beinahe einen Schrei ausgestoßen. Unter ihm war es naß. Mit dem rechten Fuß blieb er im Schlamm hängen, befreite sich wieder und kletterte aus der Mulde. Dann kroch er auf allen vieren weiter. Er lauschte nach den Stimmen der beiden Verfolger. Sie sprachen laut über ihre weiteren Pläne. Besonders Betty Lange, deren schrilles Organ deutlich vernehmbar war.

„Wir müssen ihn in die Zange nehmen, Krapka. Von zwei Seiten, dann packen wir ihn."

„Gut, du rechts, ich links."

Randy dachte fieberhaft nach. Wenn er in eine bestimmte Richtung weiterlief, geriet er in Gefahr, entdeckt zu werden. Er konnte sich nicht lautlos bewegen. Sie würden die Geräusche ebenso hören wie er die ihren.

Da sie aber mit seiner Flucht rechneten, war es vielleicht besser, wenn er sich still verhielt und sogar zurück in die Mulde kroch, wo er sich verbergen konnte.

Das tat Randy auch. So leise wie möglich ließ er sich den flachen Hang hinabgleiten und tauchte zwischen das hohe Gras und das fächerartig wachsende Farnkraut ein.

So geschützt wartete er ab.

Die Laute des Waldes waren ihm schon bald vertraut. Er

fühlte sich selbst als ein Stück Natur. Hinzu kam die schützende Dunkelheit, die ihn wie ein Tuch umgab und auch die Außengeräusche dämpfte.

Randy blieb hocken und konzentrierte sich. Er nahm den Geruch der Erde auf und auch den der Pflanzen. Er hörte Rascheln, ohne zu sehen, wodurch es entstanden war, und er vernahm auch Schritte, nicht weit von seinem Versteck entfernt.

Da kam jemand...

Randys Herz schlug schneller. Er wußte, wie Betty Lange oder der Totengräber gingen. Wer sich da der Mulde näherte, war keine Frau. Das mußte Krapka sein.

Der Junge blieb bewegungslos hocken. Er wagte kaum zu atmen und hoffte nur, daß Krapka nicht die Spuren sah, die er bei seinem Sturz in die Mulde hinterlassen hatte. Zum Glück dämmerte es bereits, und am Waldrand war es sowieso dunkler.

Krapka war stehengeblieben. Jedenfalls hörte Randy keine Schrittgeräusche mehr.

Dafür vernahm er Betty Langes Ruf. „Hast du ihn gefunden, Krapka?“

„Nein!“

Randy erschrak, weil die Stimme des Totengräbers so laut klang. Krapka mußte sich unmittelbar in seiner Nähe aufhalten. Bestimmt stand er schon am Rand der Mulde.

Nichts tat sich. Die nächsten Sekunden kamen Randy wie eine Ewigkeit vor.

„Wo bist du denn, Betty?“

„An der anderen Seite.“

„Und du hast auch nichts gesehen?“

„Nein, zum Teufel.“

„Ich höre auch nichts.“

„Trotzdem suchen wir weiter!“

Ja, dachte Randy, sucht weiter! Sucht nur weiter, aber geht endlich weiter. Doch Krapka zögerte noch. Ob bewußt oder unbewußt, Randy wußte es auch nicht. Er konnte sich nur selbst die Daumen drücken und darauf hoffen, daß Krapka, wenn er weiterging, nicht in die Mulde hineintrat und mit seinem Gewicht auf ihn fiel.

Er ging.

Oder vielmehr er schlich, als würde er ein bestimmtes Ziel ansteuern. Seine Füße schleiften durch das Gras. Randy, der in seiner Nähe lag, hörte jeden Laut.

Bisher hatte es der Totengräber immer geschafft, ihn zu finden. Es war schon ein böser Zufall, der Krapka und Randy stets zusammenführte.

So auch hier!

Krapka passierte das gleiche Mißgeschick wie Randy. Er ging schneller vor und genau einen Schritt zu weit. Plötzlich verlor er den Halt, der Fuß fand keinen Widerstand mehr, Krapka sackte in die Tiefe, er schimpfte dabei, schlug um sich, und Randy, der in der Mulde hockte, machte sich sehr klein und zog den Kopf ein.

Krapka krachte neben ihn. Mit dem Fuß erwischte er Randy noch an der Schulter.

Der Junge sprang hoch.

Damit überraschte er selbst den Totengräber, der sich gerade wieder aufrichten wollte. Krapka spürte Randys Fuß auf seiner Brust. Der Tritt preßte ihn zurück auf den Rücken, er brüllte vor Wut, während sich Randy abstieß und sich dabei soviel Schwung gegeben hatte, daß er aus der Mulde schnellen konnte.

Er hörte Krapka hinter sich wütend schreien und vernahm auch die schrille Stimme der Frau.

„Was ist los, Krapka?"

„Er war hier. Ich hätte ihn fast gehabt!"

„Wo denn, verdammt?"

„Nicht weit von der Hütte."

„Warte, ich komme."

Aber Randy war schon längst fort. Er hatte die Hütte mittlerweile erreicht, hütete sich aber, sie zu betreten, und huschte statt dessen seitlich an ihr entlang. Rasch hatte er den Weg gefunden, der auf die normale Straße mündete. Randy wollte auf dieser Straße nach Kandersteg zurücklaufen. Dort mußte er dann schnell die Haakes warnen und auch endlich seinen Vater finden.

Der schmale Weg schlängelte sich seiner Einmündung entgegen. Mal säumten ihn hohe Bäume, dann sah Randy die sanft ansteigenden Wiesen, über die bereits die Schatten der Dämmerung lagen.

Randy rannte mit weiten Sprüngen. Wieder einmal kam ihm zugute, daß er eine gute Note in Sport hatte. So leicht holte ihn keiner ein, auch nicht ein Erwachsener.

Sein Atem ging keuchend. Immer wenn er einen Fuß aufsetzte, schnellte er sich sofort erneut ab und vergaß auch nicht, sich umzuschauen, aber die Gestalten seiner Verfolger entdeckte er nicht.

Dafür hörte er das Brummen eines Motors. Mit Autos kannte sich Randy aus. Was da hinter ihm aufgeklungen war, das hörte sich nach einem BMW an.

Und der war schneller als er.

Schon sah er beim nächsten Zurückblicken die hellen Strahlen der beiden Scheinwerfer. Das Licht floß über die Wiesen, war sehr grell, was darauf schließen ließ, daß der Fahrer oder die Fahrerin das Fernlicht eingeschaltet hatte.

Die Jagd ging weiter.

Es war für Randy zu gefährlich, auf der Straße zu bleiben. Er mußte wieder in das Gelände, nur mit dem einen Unterschied, daß er diesmal keinen Wald zur Verfügung hatte, der im Dekkung gegeben hätte. Die Gegend war wellig und nur mit dem Gras der Weiden bewachsen. Ein Hindernis waren allerdings die vielen Zäune.

Mit einem dieser Zäune mußte es Randy jetzt gleich aufnehmen. Geschickt stützte er sich auf dem nächsten Pfosten ab und flankte schwungvoll über das Hindernis hinweg. Er landete auf einer der Weideflächen, die leicht anstieg, einen runden Buckel bildete und an der jenseitigen Seite wieder abflachte.

Randy hetzte geduckt weiter. Er hoffte nur, daß Betty Lange und Krapka auf der Straße blieben.

Als Randy die Kuppe des flachen Hügels erreicht hatte, fuhr der BMW in sicherer Entfernung an ihm vorbei. Der Junge war stehengeblieben und verfolgte die Fahrt.

Der feuerrote Flitzer rollte langsam dahin. Sicherlich waren

Betty Lange und ihr Kumpan mehr als sauer, daß ihnen Randy entwischt war. Aber das störte ihn nicht.

Der Wagen rollte in Richtung Straße. Randy rechnete damit, daß die beiden die Verfolgung aufgegeben hatten und sich jetzt um andere Dinge kümmerten.

Um die Familie Haake, zum Beispiel, wo sich auch Susanne Nollen befand. Er mußte unbedingt eine Telefonzelle finden und die Haakes warnen, bevor der Totengräber und Frau Lange dort aufkreuzten. Zumindest wußte er die Telefonnum-

mer der Familie, die beiden Ganoven würden sie erst nachschlagen müssen.

Inzwischen hatte der BMW die Einmündung zur Straße erreicht. Sein rechtes Blinklicht flackerte auf, als er stoppte. Ein Zeichen, daß der Wagen in Richtung Kandersteg abbiegen wollte.

Randy blieb stehen. Er ballte die Hände vor Wut.

Jenseits der Straße und in einiger Entfernung sah er eine

lange Lichterkette. Ein Zug fuhr dem Tunnel entgegen. Er rollte langsam im Schatten der Dreitausender dahin, deren Gipfel im letzten Licht der Herbstsonne glühten.

Auf der Straße aber hatte der BMW die Kurve genommen und steuerte jetzt dem Ort zu.

Auch Randy wollte den normalen Weg nehmen. Der über die Wiesen war ihm doch zu beschwerlich.

Als er die Straße erreichte, sah er nicht einmal mehr die roten Heckleuchten des Wagens, so groß war dessen Vorsprung bereits geworden. Der Junge verfiel in einen Dauerlauf. Den konnte er gut durchhalten, und sicherlich war es nicht weit bis zur ersten Telefonzelle.

Er lief auf der linken Seite, begleitet von seinem keuchenden Atem, und schon bald sah er die ersten Häuser auftauchen.

Lichter blinkten hinter den kleinen quadratischen Fenstern. Randy kam die Idee, an einem Haus zu läuten und von dort aus die Haakes anzurufen.

Das nächste Haus lag auf der linken Seite. Randy lief ihm praktisch entgegen. Nicht nur hinter den Fenstern brannte Licht, auch der Vordereingang war erleuchtet.

Nach einem normalen Wohnhaus sah es nicht aus. In der Tat beherbergten die Mauern ein Hotel oder eine Pension.

Trotz seiner Eile war Randy vorsichtig geworden. Er hielt Ausschau nach dem roten BMW, sah wohl einige Fahrzeuge vor der Pension stehen, aber kein feuerrotes Automobil.

Es war ein altes Gebäude, aus Holz errichtet. Erker standen an der Vorderseite weit vor. Bunte Herbstblumen wuchsen in Kästen vor den Fenstern, und aus dem Gastraum vernahm Randy Stimmenwirrwarr.

Er stieß die Tür auf und befand sich gleich in der Schenke. Man starrte ihn von allen Seiten erstaunt an.

Hinter der Theke regierte eine Wirtin, die einen strengen Eindruck auf Randy machte. Vielleicht lag es an ihrem grauen Haar, das sie zurückgekämmt und im Nacken zu einem Knoten gebunden hatte. Sie stand zusammen mit einer jungen Bedienung neben einer zischenden Kaffeemaschine.

„Guten Abend...“

„Gruetzi...“

„Kann ich... kann ich bitte mal telefonieren?“ fragte Randy. „Es ist wirklich sehr wichtig.“

Die Wirtin nickte. „Ja, geh nur in den Gang dort links. Da findest du ein Telefon.

„Danke.“

Randy war froh, daß man ihm so bereitwillig half. Er lief in den Gang, wo es zu den Toiletten ging und sich auch das Telefon befand. Er hob ab, mußte einen Knopf drücken und bekam die Amtsleitung.

Nachdem er kurz nachgedacht hatte, wie die Nummer lautete, die ihm Susanne genannt hatte, wählte er. Seine Finger zitterten leicht. Im Hals saß ein Kloß. Er hoffte, daß er schneller sein würde als Krapka und seine blonde Komplizin.

Es läutete durch.

Einmal, zweimal, auch ein drittes Mal...

Randy stand wie auf glühenden Kohlen. Unruhig scharrte er mit den Füßen über den blanken Boden. Dann endlich wurde abgehoben. Es meldete sich eine Männerstimme, die den Namen Haake sagte.

„Ich... ich... bin Randy Ritter. Guten Abend, Herr Haake. Bei Ihnen ist eine Susanne Nollen zu Besuch.“

„Stimmt, Junge.“ Herr Haake lachte. „Susanne hat uns von dir erzählt. Ihr habt ja einiges erlebt.“

„Stimmt. Leider ist es noch nicht beendet. Kann ich... kann ich Susanne sprechen?“

„Moment.“ Randy hörte, wie der Mann den Hörer ablegte und nach Susanne rief. So wie er reagierte, konnte Randy davon ausgehen, daß die Haakes noch keinen Besuch erhalten hatten.

Susanne meldete sich. „Mensch, Randy, was ist los? Wo treibst du dich herum?“

„Ich habe jetzt keine Zeit für lange Erklärungen. Ich will euch nur warnen.“

„Vor wem?“

„Krapka und Frau Lange sind auf dem Weg zu euch. Sie wissen, daß du den Geheimplan hast.“

„Von wem?"

„Ich habe es ihnen gesagt. Sie... Sie haben mich dazu gezwungen, verstehst du?"

Für die Dauer einiger Sekunden war es still. „Das mußte wohl so sein", sagte Susanne. „Und... und Frau Lange auch?"

„Sie und Krapka gehören zusammen."

„Wilms ebenfalls?"

„Ich glaube nicht. Ihr müßt damit rechnen, daß sie wirklich zu euch kommen."

„Und was sollen wir tun?"

„Kann ich dir auch nicht sagen. Übrigens, mein Vater ist wieder frei!"

„Ehrlich?"

„Ja."

„Hast du schon mit ihm gesprochen?"

„Nein, das ging nicht. Ich habe ihn nicht gesehen. Er ist mit Alfred verschwunden."

Susanne holte tief Luft. „Noch mal, Randy. Was soll ich machen, wenn die wirklich kommen?"

„Du kannst ja verschwinden. Versteck dich irgendwo. Ich komme auch zu euch."

„Weißt du, wo ich wohne?"

„Nein!"

„Das ist an der Seilbahnstation, wo man hoch zum Öschinensee fahren kann."

„Kenne ich nicht."

„Es ist ausgeschildert. Die Wegweiser siehst du überall im Ort. Ganz bestimmt."

Randy räusperte sich. „Gut, ich werde mich beeilen und so schnell wie möglich bei dir sein. Wissen deine Verwandten eigentlich, um was es genau geht?

„Nein!"

„Mensch, Susanne, weih sie ein. Was meinst du, was geschieht, wenn plötzlich der Totengräber und die Lange erscheinen. Die fallen aus allen Wolken."

„Gut, ich werde mal sehen. Aber bitte, Randy, komm so schnell wie möglich."

„Versprochen." Randy hängte ein. Ihm war ein Stein vom Herzen gefallen. Die Verbrecher hatten es also noch nicht geschafft, die Haakes zu finden.

Er ging wieder zurück in den Gastraum, wo die Wirtin die Gebühr für das Gespräch kassieren wollte.

Randy suchte nach Kleingeld, zahlte und bedankte sich noch einmal. An der Tür fiel ihm etwas ein. „Sagen Sie bitte, wie komme ich zur Seilbahnstation Öschinensee?"

„In den Ort hinein und an der Kirche rechts hoch. Das ist für einen Fremden der kürzeste Weg."

„Danke..."

„Aber um dieser Zeit fährt keine Bahn mehr hoch zum See."

„Da will ich auch nicht hin." Randy öffnete die Tür und verließ die Gaststätte.

An der Kirche rechts hoch, hatte die Frau gesagt. Der Weg war bestimmt nicht zu verfehlen.

Randy Ritter verfiel wieder in seinen Dauerlauf, auch Jogging-Tempo genannt.

Er vergaß nicht, die Umgebung im Auge zu behalten, doch den roten BMW bekam er nicht mehr zu Gesicht. Der parkte vielleicht schon vor dem Haus der Haakes.

Randy bekam leichtes Magendrücken, als er daran dachte. Er beschleunigte sein Tempo.

Um diese Zeit war in Kandersteg nicht mehr viel los. Die meisten Gäste hatten sich in ihre Wohnungen, Hotels oder Pensionen zurückgezogen und saßen vermutlich schon beim Abendessen.

Auch die Geschäfte schlossen. Vor den Andenkenläden fuhren die Besitzer ihre vollbepackten Postkartenständer hinein und klappten die Verkaufstische zusammen.

Eine friedliche Ortschaft bereitete sich auf die Nacht vor. Begleitet und beobachtet von den hohen, majestätischen Gipfeln der Berge, die jetzt bei Einbruch der Dunkelheit etwas Unheimliches und Drohendes bekommen hatten.

Die kleine Kirche wurde die Nacht über angestrahlt. Sie stand auf einer Wiese, einige Meter von der Hauptstraße entfernt. Eine andere Straße führte an ihr vorbei.

Randy schaute noch einmal auf die gelben Pfeile der Wegweiser und wußte, daß er nicht falsch laufen konnte.

Die schmale Straße stieg etwas an. Sie führte geradeaus auf die Berge zu, durchlief auch ein kleines Waldstück, an dessen Ende auf der linken Seite einige Häuser standen.

Ein Stück weiter befand sich die Station der Seilbahn. Davor breitete sich ein Parkplatz aus, an dessen linker Seite die helle Fensterfront eines Restaurants leuchtete.

So weit brauchte Randy nicht zu gehen. Er mußte auch nicht suchen, denn er sah, wo die Haakes wohnten.

Direkt am Zaun des kleinen Vorgartens parkte Betty Langes feuerroter Wagen...

8. Jo Wilms packt aus

Alfred, der Mann mit dem dunklen Oberlippenbart und dem ständigen Lächeln in den dunklen Augen, das er immer hatte, wenn er mit Freunden zusammen war, atmete hörbar auf, als er neben Dr. Ritter über die Zufahrt schritt, die im Halbbogen vor dem Royal Hotel Gemmi auslief.

„Das hätten wir geschafft", sagte er und schaute auf die Fontäne des Brunnen, der ebenfalls auf dem Gelände des Hotels stand und von bunten Blumenbänken umgeben war.

„Zum Glück."

„Und wie geht es weiter, Chef?"

„Zunächst brauche ich einen Schluck." Dr. Ritter stieß die Tür auf. Man kannte ihn hier als Gast. Dementsprechend höflich wurde er von einem dunkel gekleideten Herrn an der Rezeption begrüßt.

„Möchten Sie noch speisen, Dr. Ritter?"

„Nein, dann müßte ich mich umziehen."

„Mit Verlaub, Sie sehen etwas ramponiert aus."

Peter Ritter strich durch sein dunkelblondes, an einigen Stellen schon ergrautes Haar. „Da haben Sie recht. Übrigens, wir haben uns hier mit einem Herrn Wilms verabredet und ihn einige Male verpaßt. Ist er zufällig hier?"

„Das wollte ich Ihnen gerade mitteilen, Herr Ritter. Herr Wilms wartet in der Bar auf Sie."

„Danke, Herr Contini. Ausgezeichnet!" Er schlug Alfred auf die Schultern. „Komm mit, jetzt werden wir mal aktiv."

Das Aktivwerden beschränkte sich zunächst auf den Eintritt in die gemütliche Hotelbar, wo es nicht nur eine halbrunde Theke gab, sondern wo auch kleine Sitzgruppen aufgestellt waren.

In einem der Ledersessel saß Jo Wilms und wartete. Er sprang auf, als er die beiden Männer entdeckte. „Endlich!" rief er. „Das war wirklich knapp. Noch länger hätte ich nicht mehr warten können. Die Lage hat sich zugespitzt."

Sie reichten sich die Hände. Bevor Wilms noch etwas sagen konnte, fragte Dr. Ritter: „Was ist mit meinem Sohn?"

Wilms hob die Schultern. „Keine Ahnung."

„Wie?" Dr. Ritter starrte den Mann an. „Sie waren doch mit im Zug, müssen ihn gesehen haben ..."

„Ja, das ist richtig, aber es sind da einige Dinge passiert, die nicht vorgesehen waren."

„Berichten Sie."

Alfred und Dr. Ritter hörten Jo Wilms gespannt und überrascht zu. Der blonde Mann trug auch jetzt seine schwarze Hose und dazu das helle Jackett mit den grauen Streifen. Was er zu erzählen hatte, ließ Dr. Ritter nur ungläubig staunen. Er schüttelte einige Male den Kopf, sein Gesicht verlor an Farbe, und er streifte auch seine Handflächen an den Hosenbeinen ab.

Alfred blieb ebenfalls nicht so ruhig. Sein Blick nahm einen stechenden Ausdruck an. Er zuckte zusammen, als Jo Wilms davon sprach, daß Randy die Notbremse gezogen hatte.

„Mußte das denn sein?" rief Dr. Ritter.

Jo Wilms nickte. „Ja, es war die einzige Chance, überhaupt noch aus der Bedrängnis herauszukommen."

„Reden Sie weiter, Wilms." Dr. Ritter zwang sich zur Ruhe. Und so erfuhren er und Alfred, wie sich die Dinge entwickelt hatten. Krapka, der Totengräber, wurde zu einer zentralen Figur. Er hatte Jo Wilms noch reingelegt, so daß Randy praktisch ohne Rückendeckung weitergereist war. „Man hat mich ausgepokert, Herr Dr. Ritter", gab Jo Wilms ehrlich zu. „Richtig ausgepokert."

„Dann müssen Sie wieder ins Spiel kommen."

„Richtig, nur wird mir dies kaum gelingen. Meine Kollegin hat die Seiten gewechselt. Betty Lange arbeitet nun für den internationalen Ring, wie er sich nennt."

„Rechnen Sie denn damit, daß sie sich ebenfalls hier in Kandersteg aufhält?" wollte Alfred wissen.

„Natürlich."

„Die müßte doch zu finden sein. Was fährt sie für einen Wagen? Einen feuerroten BMW? Der fällt auf."

„Klar, aber haben Sie die Zeit, nach ihm zu suchen? Wir haben uns doch eigentlich hier getroffen, um über das Projekt Lemuria zu verhandeln. Daraus ist nun nichts geworden. Sie besitzen den Plan nicht, Dr. Ritter, ich ebenfalls nicht."

„Randy hat ihn!"

„Sind Sie sicher, Herr Dr. Ritter?"

„Ja, da..." Peter Ritter sprach nicht mehr weiter, als er das skeptische Gesicht seines Gegenübers sah. „Haben Sie etwa eine andere Meinung, Herr Wilms? Wissen Sie mehr?"

„Nein, das nicht, doch ich kenne meine ehemalige Kollegin. Der traue ich alles zu. Betty Lange gehört zu den Frauen, die es schaffen, sich das Vertrauen der Menschen zu erschleichen. Das bringt sie ohne mit der Wimper zu zucken fertig."

Peter Ritter schaute in den hellen, halbrund gebauten Kamin, wo kleine Feuerzungen über das Holz tanzten. „Dieser verfluchte Plan", flüsterte er, „hätte ich mich doch nicht um das Problem gekümmert. Wissen Sie, Herr Wilms, manchmal bin ich so weit, daß ich alles hinschmeißen möchte. Das Schloß verkaufen, aussteigen und mich mit meiner Familie auf eine einsame Insel zurückziehen."

„Kann ich verstehen." Wilms lächelte. „Nur wissen Sie am

besten, daß es nicht möglich ist. Sie haben sich zu stark engagiert."

„Leider. Es geht mir dabei auch nicht so sehr um mich als vielmehr um meine Familie. Sie hat unter meiner Position zu leiden. Ich habe lange Zeit meine Arbeit im Hintergrund verrichten können. Das ist nicht mehr möglich. Mein Sohn ist herangewachsen, er hat Fragen gestellt und erwartet Antworten." Dr. Ritter winkte ab. „Aber das ist nicht Ihr Problem, Herr Wilms. Ihnen geht es um Lemuria."

„Sehr richtig. Ich bin von meiner Firma beauftragt worden, die Verhandlungen zu führen. Ich kann über den Preis reden, wir können uns da entgegenkommen. Für beide Seiten ist es eilig. Die Future Electronic Corporation möchte diese Erfindung als erste vermarkten. Geben Sie uns die Lizenz. Mit Ihrer Regierung haben Sie gesprochen, die hat nichts dagegen, soviel ich weiß."

„Richtig, dabei ist es auch geblieben. Nur müsssen wir die Pläne haben."

„Und damit Ihren Sohn."

Dr. Ritters Gesicht nahm einen starren Ausdruck an. „Da haben Sie etwas sehr Gutes gesagt."

Alfred streckte seine Beine von sich. „Und Sie wissen nicht, Herr Wilms, wo er sich hier in Kandersteg aufhalten könnte. Er hat doch gewußt, in welchem Hotel wir abgestiegen sind. Er kennt den Namen, er müßte hier erscheinen."

„Falls er es schafft. Sie dürfen Krapka und Betty Lange auf keinen Fall unterschätzen, meine Herren."

„Und die Männer bei uns zu Haus", murmelte Dr. Ritter.

„Wer hat Sie eigentlich entführt?" fragte Jo Wilms.

Alfred gab die Antwort. „Wir kennen den Mann nicht einmal. Die Drohung mit der Bombe hatte ausgereicht, uns passiv werden zu lassen. Wir sind mit ihm gegangen und haben uns einsperren lassen. Der Plan war sehr geschickt und rücksichtslos eingefädelt."

Jo Wilms nickte. Dabei bewegte er seine Hand. „Da ist noch etwas", sagte er leise. „Ihr Sohn hat im Zug ein Mädchen kennengelernt. Eine Reisebekanntschaft..."

„Und weiter?“

„Ich weiß es nicht, Herr Dr. Ritter. Jedenfalls haben die beiden zusammengehalten. Es kann sein, daß sie noch immer...“

„Fuhr das Mädchen denn bis Kandersteg?“

„Ich meine ja.“

„Kennen Sie den Namen?“

„Ja, Susanne, wenn mich nicht alles täuscht. Den Nachnamen weiß ich leider nicht.“

„Haben Sie sich erkundigt, ob sie eingetroffen sind?“

Jo Wilms nickte. „Ich war am Bahnhof und habe nach Randy gefragt. Dabei hat mir einer der Bahnbeamten berichtet, daß der Junge mit einem Mädchen ausgestiegen ist. Und Susanne hat dann jemand abgeholt.“

„Wer?“

Jo Wilms dachte nach. „Es muß eine Verwandte gewesen sein oder Bekannte. Jedenfalls kannte der Mann die Frau.“

Alfred klatschte in die Hände. „Kinder, das ist doch die Spur! Wir werden hingehen und dem Mann noch einige Fragen stellen.“

„Wenn er Dienst hat...“

Dr. Ritter und Alfred hörten Jo Wilms' Worte schon nicht mehr, weil sie bereits auf dem Weg nach draußen waren. Vor dem Hotel flammten gerade die Laternen auf. Auch der Brunnen mitsamt der Fontäne wurde von einem Scheinwerfer angestrahlt. Die herabfallenden Tropfen glitzerten wie dicke Diamanten. Wilms lief hinter ihnen her. An der Straße hatte er die beiden Männer eingeholt. Um den Bahnhof zu erreichen, mußten sie an der Schule und dem Freibad vorbei.

In der Dunkelheit war das Rollen der Züge besser zu hören. Soeben fuhr eine lange Wagenschlange dem Lötschberg-Tunnel zu. Auch ein Gegenzug setzte sich in Bewegung.

Zu dritt hetzten sie durch die Bahnhofshalle, nahmen die Treppen zu den Bahnsteigen.

Wilms blieb stehen und schaute sich um. Er suchte den Bahnbeamten und sah den Mann an einer Bank stehen, wo er einen der metallenen Papierkörbe aus der Halterung löste, um ihn zu leeren.

„Das ist er!“ Wilms hetzte los und sprach den Bahnbeamten an. „Können Sie sich noch an mich erinnern?“

„Ich glaube...“

„Hören Sie bitte. Ich bin derjenige, der mit Ihnen über den Jungen gesprochen hat, der...“

„Ja, ja, ich erinnere mich. Was ist denn?“

„Da war noch ein Mädchen dabei, das abgeholt worden ist.“

„Stimmt.“

„Wie hieß die Frau, die das Mädchen...“

„Das war Frau Haake.“

„Wohnt die hier?“

„Natürlich.“

Wilms ging die langsame Sprechweise des Beamten an die Nieren. „Ja, Sie müssen bis zur Bergbahn des Öschinensees. In dem letzten Haus in der Reihe lebt die Familie Haake.“

„Danke.“

„Nichts zu danken, der Herr.“

Das hörte Jo Wilms bereits nicht mehr. Er hetzte zu Dr. Ritter und Alfred zurück.

„Was ist denn?“

„Ich habe die Adresse!“ Wilms sprach, und seine Augen leuchteten dabei. „Jetzt brauchen wir uns nur noch viel Glück zu wünschen. Dann haben wir es geschafft.“

„Wo müssen wir hin?“ fragte Alfred.

„Zur Seilbahnstation Öschinensee.“

Alfred lachte auf. „Die kenne ich, Chef. Das heißt, ich habe Hinweisschilder gesehen und weiß, wie wir zu laufen haben.“

Sie liefen nicht, sie rannten. Leider stand kein Taxi auf dem Bahnhofsvorplatz. Doch Kandersteg ist nicht groß. Man konnte die Entfernungen auch zu Fuß zurücklegen, ohne viel Zeit zu verlieren.

Und Zeit hatten die drei Männer nicht...

9. Minuten der Angst

Der blondhaarige Meier hatte den Wagenheber aus dem Kofferraum geholt. Seine Absicht war klar. Er würde sich durch nichts aufhalten lassen, das Schloß zu betreten.

Schmidt stand daneben. Er wartete und preßte ab und zu ein Taschentuch auf die blutende Stelle am Hals.

„Will der wirklich das Fenster einschlagen?“ fragte Ela mit Zitterstimme.

„Das glaub mal“, gab Turbo zurück.

„Was machen wir dann?“ Ela schaute Frau Ritter an, die auch keine Antwort wußte.

„Die Polizei ist informiert“, sagte Turbo.

„Das dauert, bis die am Schloß ist.“

Frau Ritter hatte sich entschlossen, etwas zu unternehmen. „Wir werden sie hereinlassen.“

„Und dann?“

Beide Freunde hatten die Frage gleichzeitig gestellt. Sie konnten nicht begreifen, daß Frau Ritter die Tür freiwillig öffnen wollte.

„Ganz einfach. Ich gebe ihnen die Fernbedienung zurück.“

„Sie werden die Bombe zünden!“ rief Turbo.

„Wahrscheinlich. Nur wissen sie nicht, daß sie sich nicht mehr im Haus befindet.“

„Ohhhjee ...“ flüsterte Ela. „Das ist ein Tanz auf dem Seil. Sehr dünn, Frau Ritter.“

„Ich weiß es selbst. Nur müssen wir das Risiko eben eingehen. Seid ihr bereit?“

„Gut.“ Ela nickte.

Turbo fragte: „Sie wissen nicht zufällig, wann Kommissar Hartmann hier eintrifft?“

„Nein. Ich hoffe jedoch, daß bis dahin alles vorbei ist. Kinder, behaltet die Nerven.“ Marion Ritter sah aus, als könnte sie ebenfalls Trost gebrauchen.

Sie trat an die Tür. Sie hörte die Stimme des Mannes mit dem Namen Schmidt. „Ich fordere Sie ein letztes Mal auf, die Tür zu öffnen, sonst werden wir mit Gewalt versuchen ...“

„Das brauchen Sie nicht." Marion Ritter zog die Eingangstür mit einem Ruck auf.

Von dieser Aktion waren selbst die beiden Männer überrascht, was ihnen anzusehen war.

„Bitte, treten Sie ein."

Schmidt und Meier blieben verlegen stehen. „Und das ist kein Trick?" fragte Schmidt.

„Wie sollten wir Sie noch austricksen."

Der Dunkelhaarige mit der Tropfennase verzog das Gesicht. „Da fragen Sie mal die verdammten Gören dort. Mit denen rechne ich auch noch ab. Sie haben alle Chancen verspielt." Schmidt schaute auf seinen kantigen Begleiter. „Los, Meier."

Der Blonde hielt noch immer den Wagenheber in der Hand, als er hinter Schmidt das Schloß betrat.

Turbo und Ela zogen sich zurück. Die Blicke des Kantigen waren eisig. Da stand kein Funken Gefühl in seinen Augen. Es war klar, der würde über Leichen gehen.

Schnell stieß er die Tür mit dem Fuß wieder zu, wartete aber, was Schmidt unternahm. Er war von den beiden der Chef. Um Frau Ritter kümmerte sich der Dunkelhaarige nicht. Sein Interesse galt einzig und allein den beiden Freunden.

„Wo ist sie?" fragte er.

Turbo antwortete und stellte sich zunächst dumm. „Was meinen Sie damit?"

„Die Fernbedienung."

„Ach so, die..."

„Gib sie her!" brüllte Schmidt so laut, daß Turbo und Ela zusammenschraken.

Turbo wollte noch nicht, aber Marion Ritter griff ein. „Ich werde sie Ihnen geben", sagte sie, „kommen Sie mit. Sie liegt in der Küche."

Schmidt blieb ihr auf den Fersen. Er bekam glänzende Augen, als er das flache Gerät sah. „Warum nicht gleich so?" fragte er und lachte dazu. „Ist doch alles wunderbar." Er nahm es an sich und starrte Frau Ritter an. „Das alles hätten Sie sich sparen können, Gnädigste. Jetzt hängen Sie nämlich tiefer drin als zuvor."

Marion Ritter riß sich zusammen. Mit kühler Stimme fragte sie nach dem Grund.

„Den kann ich Ihnen sagen. Mein Freund hat mit Kandersteg telefoniert. Da ist einiges nicht so gelaufen, wie wir es uns vorgestellt hatten. Verstehen Sie das?"

Obwohl es Frau Ritter begriff, schüttelte sie den Kopf. Ihr Herzschlag aber raste plötzlich. „Nein."

„Dann will ich es Ihnen sagen. Ihr Mann und auch Ihr Sohn scheinen keinen Draht zu ihrer Familie zu haben. Sie haben sich so benommen, daß uns keine andere Möglichkeit mehr bleibt." Er deutete mit dem Zeigefinger der Linken auf die Fernbedienung. „Wumm", sagte er, „einmal nur drücken, und es ist vorbei."

Marion schloß die Augen. „Sie wollen tatsächlich...?"

„Uns bleibt keine andere Möglichkeit. Wir sind es nicht gewohnt, zu verlieren. Wenn es aber danach aussieht, reagieren wir so, wie wir es müssen. Das internationale Geschäft ist hart geworden, Rücksicht gibt es dabei nicht mehr."

„Aber nur bei Ihnen..."

„Nein!"

„Dann wollen Sie das Schloß tatsächlich in die Luft sprengen, Herr Schmidt?"

„Ja."

„Mit uns?"

„Auch das!"

Marion Ritter holte tief Luft. „Sind Sie überhaupt noch ein Mensch?" fragte sie. „Was meinen Sie denn, was es bedeutet, wenn man andere Menschen tötet? Können Sie mit dem Druck auf Ihrem Gewissen überhaupt noch leben?"

„Sie haben Ihre Chance gehabt." Schmidt grinste kalt. „Und so ohne sind die beiden Freunde da auch nicht. Sie haben es geschafft, mich zu überrumpeln..."

„Was hätten Sie denn getan?"

„Das spielt keine Rolle. Die Tatsachen bleiben bestehen. Nach denen richten wir uns."

„Gut. Geben Sie uns noch eine Chance. Können wir das Schloß verlassen, bevor Sie es sprengen."

Er lachte. „Sie sind verdammt gute Zeugen."

„Aber Ihr Vorsprung ist größer!"

„Stimmt."

„Also?"

Schmidt scheuchte Marion Ritter aus der Küche. Er wollte mit Meier darüber sprechen.

Der wußte nicht, wie er reagieren sollte, und gab die Entscheidung an Schmidt zurück.

Ela und Turbo hörten zu. In dieser Lage trauten sie sich nicht mehr, noch etwas zu unternehmen.

Schmidt wandte sich an die beiden Freunde. „Wir sind ja menschlich", erklärte er. „Okay, ihr könnt das Schloß verlassen. Rennt um euer Leben. Wir fahren mit dem Wagen, ihr könnt laufen. Das ist die letzte Chance, die ich euch gebe. Begriffen?"

„Ja!"

„Dann weg!"

Frau Ritter hatte vorhin die Antwort gegeben. Sie übernahm auch weiterhin die Initiative. Auf ihre Handbewegung hin setzten sich Ela und Turbo in Bewegung. Sie huschten zur Tür, die Frau Ritter aufgezogen hatte. Dann waren sie draußen, wo die Dämmerung die Schatten mittlerweile hatte lang werden lassen.

„Wenn die Bombe jetzt tatsächlich noch im Schloß gewesen wäre ..."

„Sei ruhig, Ela."

Marion Ritter hatte die Führung übernommen. Die Freunde liefen hinter ihr her.

Die drei passierten den Wagen. Hinter sich hörten sie Schmidts Stimme. Der Mann stand in der offenen Eingangstür und scheuchte sie. „Los, schneller. Oder wollt ihr zusammen mit dem Schloß in die Luft fliegen." Er hielt den rechten Arm ausgestreckt. Das flache Gehäuse der Fernbedienung lag auf seinem Handteller.

Nicht einen Blick mehr warfen die Flüchtenden zurück. Sie blieben auf dem Weg, der hoch zur Straße führte, und dachten daran, was geschehen würde, wenn die Männer merkten, daß

man sie abermals reingelegt hatte. Sie waren überhaupt nicht auf die Idee gekommen, daß die Bombe aus dem Schloß entfernt worden war.

Erst nach ungefähr dreißig Metern blieben sie zum erstenmal stehen. Der Weg führte bergan, sie standen höher als die beiden Verbrecher. „Wollt ihr nicht weiterlaufen?“ brüllte Schmidt. Sein Kumpan hockte bereits im Wagen. Die Beifahrertür hatte er für Schmidt geöffnet.

Turbo kam eine Idee. „Haben Sie Kommissar Hartmann davon erzählt, daß wir die Bombe aus dem Schloß geschafft haben, Frau Ritter?“

„Ja.“

„Das ist gut.“

„Wieso?“

Turbo lächelte. Er wollte nicht mit einer Antwort herausrükken, aber sein Blick war nach links gestreift, denn dort hatte er eine Bewegung im hohen Gras gesehen.

Vor ihnen lief nun das Geschehen wie auf einer Bühne ab. Schmidt ging dem Senator entgegen, um einzusteigen. Er hatte den hinteren rechten Kotflügel fast erreicht, als es geschah.

Plötzlich wurde die Umgebung lebendig. Wie aus dem Nichts erschienen zahlreiche Polizeibeamte. Eine Lautsprecherstimme hallte auf.

„Polizei! Sie sind umstellt! Keine Bewegung!“

Schmidt stand tatsächlich starr. Aber er lachte plötzlich auf. „Ihr Idioten!“ schrie er zurück. „Ihr blöden Bullen! Ich brauche hier nur auf den Knopf zu drücken und . . .“

Die Beamten kümmerten sich nicht um seine Worte. Sie hatten ihre natürlichen Deckungen verlassen und gingen von verschiedenen Seiten auf das Fahrzeug zu, so daß sie es einkreisen konnten.

Auch Kommissar Hartmann war dabei. Er hielt ebenfalls eine dunkel schimmernde Waffe in der Hand.

„Verdammt!“ keifte Schmidt. „Wollt ihr denn alle in die Luft gesprengt werden? Seid ihr lebensmüde?“

„Versuchen Sie es!“ Kommissar Hartmann war eiskalt. Er behielt in solchen Situationen die Nerven.

Schmidt wußte nicht, was er noch unternehmen sollte. Von seinem Kumpan Meier konnte er auch keine Unterstützung erwarten. Der saß wie festgefroren im Wagen.

Sekunden vergingen.

Die Beamten zielten auf den Senator. Schmidt zögerte noch. Wenn er den entsprechenden Knopf jetzt bediente, würden auch er und Meier von den Trümmern des Schlosses getroffen und unter ihnen begraben werden.

Die Chancen waren tief gesunken.

„Na? Ich warte nicht mehr lange. Ich gebe Ihnen genau drei Sekunden. Dann ist es vorbei."

Frau Ritter, Turbo und Ela standen auch unter Hochspannung. „Der packt es nicht", flüsterte Turbo. „Nein, der nicht."

„Abwarten", erwiderte Frau Ritter.

Sie hatte unrecht. Die drei Sekunden waren vorbei, da gab der Verbrecher auf. Demonstrativ streckte er den Arm aus und legte den flachen Kasten auf das Autodach.

„Ihr habt gewonnen!"

Das wußten auch die Beamten. Im Nu waren Schmidt und Meier festgenommen. Beide glichen Wachsfiguren, so sehr hatten sie die letzten Minuten mitgenommen.

Kommissar Hartmann aber lief auf seine Freunde zu, das heißt, sie rannten ihm entgegen.

„Marion, Ela und Turbo!" Er lachte, obwohl er ein ernstes Gesicht zog. „Das war nervenaufreibend. Ihr macht vielleicht Sachen." Ela fiel ihm als erste in die Arme.

Auch Marion Ritter und Turbo umarmten ihn. Endlich war es vorbei. Sie atmeten alle erleichtert auf – aber nur kurz.

„Was ist mit Randy?" fragte Frau Ritter. Ihre Stimme hatte dabei einen traurigen Klang angenommen.

Niemand konnte ihr eine Antwort geben. Kommissar Hartmann versuchte es mit einem Vorschlag.

„Ich werde mich mit den Schweizer Kollegen in Verbindung setzen", erklärte er.

„Kannst du denn dadurch etwas erreichen, Horst?"

Er hob die Schultern. „Ich weiß es nicht, Marion, ich hoffe es." Er sah Ela und Turbo an. „Und ihr?"

„Wir können auch nur hoffen“, gab das Mädchen leise zurück und wischte über seine Augen, weil keiner die Tränen sehen sollte...

10. Wo steckt Susanne?

Der rote BMW stand vor dem Haus, das hatte Randy gesehen, doch er sah nichts von Krapka oder Betty Lange. Die beiden mußten das Haus mittlerweile betreten haben, und damit hatte Randy verloren. Er konnte sich kaum vorstellen, daß Krapka jetzt nicht mehr an den Plan herankam. Susanne würde ihm den Umschlag geben. Es wäre auch sinnlos gewesen, anders zu handeln.

Der Junge fühlte sich plötzlich mies. Er bekam das Zittern in beide Knie. Alles war umsonst gewesen, die ganze Hetzjagd, die Aufregung, letztendlich hatten Krapka und Betty Lange gewonnen, wobei Randy seinen Vater nicht einmal zu Gesicht bekommen hatte.

Mit dem Rücken lehnte er sich gegen den dunklen Zaun. Auf dem Gesicht lag kalter Schweiß, die Lippen bewegten sich, ohne daß er etwas sagte, und am liebsten hätte er geheult.

Aber dann riß sich Randy wieder zusammen. Er sagte sich, daß es keinen Sinn hatte, wenn er jetzt hier stehenblieb und Trübsal blies. Irgendwie mußte er erfahren, was sich im Haus abspielte.

Das Gebäude selbst lag hinter den im Vorgarten wachsenden Tannen versteckt. Das schmale Tor stand halb offen. Randy schob es ganz auf und betrat einen schmalen Plattenweg, der eine Buschreihe teilte und zur Eingangstür führte.

Diese befand sich an der Seite des Hauses, die hell angestrichen war. Über der Tür leuchtete eine Lampe. Sie warf ihr warmes Licht bis tief in den Garten.

Randy wollte schon auf den Eingang zugehen, als er Stimmen hörte. Sofort blieb er stehen, denn die Laute hatten sich angehört, als wären sie in der Nähe aufgeklungen, nur eine Armlänge von ihm entfernt. Befanden sich die Leute im Garten?

Nein, in der Nähe hielt sich niemand auf. Trotzdem vernahm er die Stimmen so deutlich.

Randy schaute nach rechts. Eine Tanne nahm ihm die Sicht, aber hinter ihr vernahm er Fetzen der Unterhaltung. Er identifizierte Krapkas Stimme und hörte dessen scharfes Lachen.

Randy verließ den Weg, schlug sich durch die Büsche und blieb an der Rabatte vor dem Haus stehen.

Jetzt wußte er, weshalb er die Stimmen so deutlich vernommen hatte. In der unteren Etage stand ein Fenster sperrangelweit offen. Weder von Krapka noch von Betty Lange war etwas zu sehen. Sie hielten sich zu weit im Hintergrund des Zimmers auf.

Und sie sprachen mit Frau Haake, die Randy an ihrer Stimme wiedererkannte. Sie klang sehr aufgebracht, das konnte er jetzt deutlich hören.

„Und wenn Sie mich hundertmal fragen, ich habe diesen verdammten Plan nicht!" fuhr sie einen der beiden Besucher an. „Merken Sie sich das endlich einmal."

„Wir stellen Ihr Haus auf den Kopf!" sagte Betty Lange scharf.

„Bitte, ich habe nichts dagegen."

„Wenn Sie ihn nicht haben, wo ist er dann?" Diesmal stellte Krapka die Frage.

„Das weiß ich doch nicht!"

Krapka gab einen wütenden Zischlaut von sich, den selbst Randy vernahm. „Hören Sie, Frau Haake, das hier ist kein Kinderspiel. Es geht um wichtige Dinge, um viel Geld. Bevor wir es verlieren, werden wir mit Ihnen abrechnen, darauf können Sie sich verlassen."

„Ich weiß nichts, zum Teufel!"

„Wohnen Sie hier allein?" wollte Betty Lange wissen.

„Nein, ich habe noch einen Mann."

„Und wo ist der?“
„Weg!“
„Wo genau?“
„Das kann ich Ihnen nicht sagen. Er geht öfter am Abend weg und trinkt mit Freunden ein Bier.“
„Rufen Sie ihn an!“
„Ich kenne das Lokal nicht!“
„Weshalb lügen Sie?“
„Beweisen Sie mir, daß ich lüge!“ erklärte Frau Haake forsch, die kaum Angst zeigte.
„Und das Mädchen?“ fragte der Totengräber.
„Wen meinen Sie?“
„Sie haben doch Besuch bekommen.“
„Sehen Sie jemand?“
Ein dumpfer Laut erklang, und selbst Randy erschrak darüber. Wahrscheinlich war etwas umgefallen. Frau Haake beschwerte sich auch sehr schnell. „Was soll das? Lassen Sie meine Möbel stehen. Die haben Ihnen nichts getan.“
Krapka lachte wieder häßlich. „Hier wird bald noch viel mehr umkippen, wenn Sie nicht die Wahrheit sagen.“
„Es ist die Wahrheit.“
„Wo steckt dieses Mädchen?“ Krapkas Stimme klang noch wütender. Er griff noch zu anderen Mitteln, denn Randy vernahm einen leisen Schrei. „Sind Sie verrückt geworden?“ keuchte Frau Haake.
„Ich will wissen, wo sich Ihr Mann und die Kleine befinden. Wenn Sie es uns sagen, sind Sie uns los.“
„Was wollen Sie denn von ihr?“
„Das ist allein unsere Sache. Machen Sie Ihr Maul auf. Wo stecken die beiden?“
„Sie sind unterwegs. Sie . . . sie wollten wegfahren. Sie haben den Wagen genommen.“
„Was für einen Wagen.“
„Einen Polo.“
„Gut, dann sind sie also gefahren.“
„Ja. Jetzt lassen Sie mich endlich los, Sie Scheusal.“
„Noch nicht, Frau Haake“, meldete sich Betty Lange. „Erst

wollen wir wissen, wohin die beiden gefahren sind. Und wagen Sie es nicht, uns anzulügen."

„Ins ... ins Wallis ..."

„Klasse – damit können wir nichts anfangen. Das Wallis ist verdammt groß. Haben Sie den Zug genommen?"

„Ja, nach Brig. Den Autoreisezug. Sie werden abgefahren sein und ..."

Welch eine Farbe hat der Wagen?“ wollte Betty Lange wissen.

„Ein blauer Polo.“

„Den holen wir uns, Krapka. Los, komm.“

„Moment, erst muß ich die Dame hier etwas zur Ruhe bringen. Fesseln und ein kleiner Knebel...“

Das hörte Randy gerade noch. Er hatte sich zurückgezogen und hinter die Tannen geduckt. Fieberhaft überlegte er, wie er Susanne aus der ihr drohenden Gefahr bringen konnte.

Es war schwierig, aber nicht unmöglich, man brauchte nur Ideen – und die hatte Randy genug, wenn es drauf ankam.

Bis zum Bahnhof war es nicht weit. Randy konnte das schaffen, aber auch Krapka würde nicht aufgeben. Außerdem waren er und Betty Lange motorisiert. Ein Auto fährt auf Reifen, und Reifen enthalten nun mal Luft. Es war ein alter Trick, aber sehr wirkungsvoll. Der Junge hoffte nur, daß ihm die entsprechende Zeit blieb, um seinen Plan in die Tat umsetzen zu können.

So lautlos wie möglich durchquerte er den Vorgarten. Niemand sah ihn, wie er schnell durch das kleine Tor huschte.

Der rote BMW stand vor dem Haus wie auf dem Präsentierteller. Wenig später schon zischte es, als Randy die Luft aus dem Ventil des ersten Reifens entweichen ließ.

Dann machte er sich an den nächsten Reifen. Vorn rechts und hinten rechts war die Luft schon bald drauf herausgeströmt. Randy wollte sich auch die beiden anderen Reifen vornehmen, dazu kam er nicht mehr, denn er hörte Schritte und auch die Stimme des Totengräbers und die der verräterischen blonden Frau.

Randy mußte weg!

Er dachte kurz daran, zwischen den Bäumen jenseits der Straße zu verschwinden, doch dann nahm er den direkten Weg zum Bahnhof. Wenn er dabei auf dem Gehweg blieb und immer im Schatten der dichten Hecken entlang der Vorgärten, konnte er nicht so leicht entdeckt werden.

Krapka und Betty Lange hatten den BMW mittlerweile erreicht und gesehen, was mit dem Fahrzeug passiert war. Randy hörte noch das Fluchen der beiden. Dabei tat sich besonders die Frau hervor.

Sie beruhigten sich schnell wieder und sprachen davon, daß sie trotzdem fahren wollten.

„Es ist ja nicht alle Luft aus den Reifen“, erklärte Krapka, als er sich die Reifen genauer betrachtet hatte. „Stell dich nicht so an.“

Randy ärgerte sich, daß die beiden zu früh erschienen waren. Sicherlich hatte der Mann recht. Wenn es hart auf hart kam, würden sie den BMW bewegen können und auch schneller sein als er zu Fuß.

Der Junge blieb stehen und schaute sich um. Mittlerweile hatte die Dunkelheit den Wagen verschluckt. Genau dort, wo der BMW stehen mußte, flammten plötzlich zwei Scheinwerferlanzen auf. Sie stießen den Weg hinab und nahmen an Stärke zu, als das Fernlicht eingeschaltet wurde.

Randy wollte von den beiden nicht erwischt werden. Er tauchte in den Straßengraben und versteckte sich hinter den Büschen am Wegrand. Ihm war klar, daß er die beiden nicht aufhalten konnte. Um noch etwas zu erreichen, mußte er vor ihnen am Bahnhof sein.

In einem Zug hatte alles begonnen. Randy wurde das Gefühl nicht los, daß es auch in einem Zug enden würde.

Er schlug einen Bogen und befand sich bereits nahe der Kirche, wo er auch die Hauptstraße überquerte, um so rasch wie möglich den Bahnhof zu erreichen.

Ein blauer Polo, hatte Frau Haake gesagt. Dieses Fahrzeug mußte doch zu finden sein.

Nur – was geschah, wenn der Zug schon abgefahren war? Würden Betty Lange und der Totengräber dann durchdrehen und ihre Wut an unschuldigen Personen auslassen?

Randy wagte daran nicht zu denken. Als er die Lichter des Bahnhofs sah, kamen sie ihm vor wie ein Schimmer der Hoffnung...

11. Die Flucht

Urs Haake, ein Mann, der eine Brille trug und die Haare glatt nach hinten gekämmt hatte, schüttelte immer wieder den Kopf, als er den Polo anrollen ließ.

„Susanne, Susanne“, sagte er, „ich lasse mich vielleicht auf Dinge ein. So etwas habe ich ja noch nie erlebt.“

„Es stimmt aber, Onkel Urs. Diese Gangster sind gefährlich. Wir haben das erlebt. Und sie wollen den Geheimplan Lemuria.“

„Von dem du nicht weißt, um was es sich dabei handelt?“

„Ja.“

„Kann das nicht alles ein Bluff sein?“

„Nein, Onkel Urs. Wenn du erlebt hättest, mit welch einer Rücksichtslosigkeit die Leute vorgegangen sind, würdest du anders darüber denken. Aber ganz bestimmt.“

„Du mußt es wissen.“

Sie rollten der Hauptstraße entgegen. Susanne Nollen war ziemlich nervös. Ruhig auf dem Platz sitzenbleiben konnte sie jedenfalls nicht. Ständig schaute sie sich um, blickte auch durch die Seitenfenster und suchte nach Verfolgern.

„Der rote BMW liegt dir im Magen, wie?“

Susanne nickte heftig und rieb die Handflächen trocken. „Und wie, Onkel Urs. Der Wagen ist das Fahrzeug der Spione. Wenn er auftaucht, weißt du Bescheid.“

„Bis jetzt habe ich ihn nicht gesehen.“

„Sei froh.“

Urs Haake stoppte an der Einmündung zur Hauptstraße. Er deutete nach rechts. „Dort liegt das Hotel, in dem eigentlich der Vater deines neuen Freundes wohnen sollte.“

Susanne hob die Schultern. „Ich hoffe, daß er es schafft. Wir hätten Randy vielleicht benachrichtigen sollen.“

„Und wie?“

„Das ist die Frage.“

Susannes Onkel gab Gas und bog nach links ab. Sehr schnell änderte er wieder die Richtung, um auf die Brücke zuzufahren, unter der die Kander schäumte.

Auch jetzt entdeckte Susanne den roten BMW nicht. „Wir müssen einen Bogen schlagen, nicht?“

„Ja.“ Sie passierten den Bahnhof, rollten parallel vorbei und auf den Weg zu, der in einem Halbkreis um den Bahnsteig herumführte und sie direkt zum Autozug brachte. Über eine kleine Rampe rollten die Autos auf die flachen Wagen.

Sie waren nicht die einzigen, die durch den Tunnel in Richtung Goppenstein/Brig fahren wollten, und mußten sich deshalb in die Warteschlange einordnen, was auch wieder Zeit kostete.

„Soll ich schon eine Karte holen?“ fragte Susanne.

„Wenn du willst.“

„Gut.“ Sie stieg aus und lief auf den Schalter zu. Der Onkel hatte ihr Geld mitgegeben.

Susanne löste bis Brig für zwei Personen. Als sie die Karten hatte, ließ sie sich Zeit mit der Rückkehr.

In der Dunkelheit wirkte der Bahnhof irgendwie gespenstisch. Lichter zuckten bläulich durch die Finsternis, und hie und da glühten rot die Bremsen der Wagen auf.

Vor ihnen wartete der Zug. Es war verboten, während der Fahrt die Türen zu öffnen. Die Passagiere mußten in ihren Fahrzeugen sitzen bleiben. Schilder wiesen auf dieses Verbot hin.

Susanne kehrte zurück.

„Na, hast du etwas gesehen?“ fragte ihr Onkel.

„Nein.“

„Das ist gut.“

„Und wie.“ Sie kurbelte die rechte Scheibe nach unten, um Luft in den Wagen zu lassen. Noch konnten sie nicht auf den Zug fahren, der bereits auf den Gleisen stand.

Mit jeder Minute, die verging, steigerte sich Susannes Spannung. Da sie auf dem Bahnhof über dem normalen Straßenniveau waren, konnte Susanne die anfahrenden Wagen beobachten, die sich hinter ihnen aufreihten. Ob ein roter BMW dabei war, das hatte sie nicht erkennen können.

Urs Haake fragte sie noch einmal. „Und du meinst wirklich, daß diese Flucht richtig ist?“

„Ja."

„Mal sehen."

Susanne deutete aufgeregt nach vorn. „Da, sieh, sie öffnen das Gitter. Jetzt können wir."

Herr Haake mußte lachen. „Fühlst du dich erst sicher, wenn du auf dem Zug stehst?"

„So ist es."

„Und im Tunnel?"

„Wieso?"

Er ließ den Motor an. „Hast du keine Angst davor, durch den Tunnel zu fahren. Da siehst du kaum die Hand vor Augen. Das Ding ist stockfinster. Es ranken sich Legenden darum. Beim Bau des Tunnels sind zahlreiche Arbeiter ums Leben gekommen. Deren Geister sollen noch heute spuken, erzählt man sich."

„Ich glaube nicht an Geistergeschichten."

„War auch nur ..." Herr Haake sprach den Satz nicht mehr aus, weil er startete.

Vor ihnen bewegte sich das Heck eines Escorts. Der Wagen schaukelte etwas, als er über die Rampe hinweg auf den Zug fuhr, wo die Reifen auf Blech rollten, das etwas gewellt war und deshalb rumpelnde Geräusche erzeugte.

Die Bremslichter des Ford Escorts vor ihnen glühten auf, und auch Urs Haake stoppte seinen Wagen.

Die Fahrer stellten die Motoren ab, löschten die Lichter und warteten auf die Abfahrt des Zuges.

Susanne schaute aus dem Fenster. Viel Platz zwischen Auto und Gitter war nicht vorhanden. Beim Polo konnte die Tür gerade noch geöffnet werden, bei größeren Wagen sah das schon anders aus.

Urs Haake hatte Susannes Blick bemerkt. „Suchst du schon nach einer Fluchtmöglichkeit?" fragte er.

Das Mädchen lachte. „Die wird es wohl kaum geben, wenn wir einmal unterwegs sind."

„Stimmt."

„Und bei einem Unfall?"

Herr Haake hob die Schultern. „Das weiß ich auch nicht, was

dann geschieht. Bisher hat es so etwas noch nicht gegeben. Wir Schweizer sind auf Sicherheit bedacht, weißt du, und unsere Bahnen zählen zu den besten in der ganzen Welt."

„Weiß ich."

Urs Haake machte es sich bequemer und stellte den Sitz zurück. Er streckte seine Beine so gut wie möglich aus, hielt die Augen geschlossen und wartete.

Er kannte den Ablauf. Die Bahn hielt die Fahrtzeiten planmäßig ein. Sie waren etwas früh gewesen, deshalb hatten sie noch warten müssen. Natürlich ging ihm dieser *Geheimplan Lemuria* nicht aus dem Kopf. Er konnte sich kaum vorstellen, daß alles stimmte, was ihm da seine Nichte berichtet hatte.

Andererseits gehörte sie nicht zu den Mädchen, die sich so etwas aus den Fingern saugten. Ein Körnchen Wahrheit mußte schon daran sein.

„Hältst du noch immer nach deinem BMW Ausschau?" fragte er.

„Ja."

„Und?"

„Vielleicht sind sie schon da. In der Dunkelheit kann man ja nichts erkennen."

„Mach dir nichts daraus. Spätestens in Brig werden wir mehr wissen. Die bleiben uns auf den Fersen, wenn sie etwas bemerkt haben."

„Wenn nur Randy hier wäre..."

„Meinst du, daß er uns helfen könnte?"

„Helfen vielleicht nicht. Aber er weiß möglicherweise mehr. Der Anruf hat mich beunruhigt."

„Sei froh, daß er früh genug angerufen hat."

„Stimmt auch." Sie rieb ihre Hände. „Was Randy herausgefunden hat, werden die anderen auch herausfinden können. Ich sehe jedenfalls..." Sie verstummte, weil jemand an den Wagen geklopft hatte. Und zwar hinten, am rechten Kotflügel.

„Was war das?" Auch Herr Haake hatte das Geräusch gehört und zeigte sich beunruhigt.

„Ich weiß es nicht."

„Da hat jemand..."

Plötzlich sah Susanne den Schatten. Neben dem Wagen erschien er und richtete sich auf.

„Randy!“ rief sie und lachte von einem Ohr zum anderen...

Er hockte neben dem Polo, hatte einen Finger auf die Lippen gelegt, schaute sich um und richtete sich vorsichtig auf. Susanne hatte schon reagiert, die Tür geöffnet und war ausgestiegen.

„Los, quetsch dich rein!“

Randy drückte sich in den schmalen Fond und lernte Urs Haake kennen, der den Kopf so gut wie möglich gedreht hatte. „Du bist also Randy Ritter“, sagte er.

„Ja.“

„Ich bin Urs Haake.“ Er reichte Randy die Hand. „Ich hoffe sehr, daß alles, was ich hier gehört und erlebt habe, nicht auf deinen Phantasien beruht.“

„Darauf können Sie sich verlassen, Herr Haake. Es geht hier um verflixt viel.“ Randy wandte sich an das Mädchen. „Hast du noch den Plan bei dir?“

„Klar doch.“

„Gut.“ Er schaute zurück. „Viel erkennen kann man nicht“, bemerkte er.

„Wonach suchst du denn?“

„Nach dem roten BMW!“

„Den habe ich auch nicht gesehen“, sagte Susanne.

„Sie waren übrigens bei Ihnen, Herr Haake. Ich meine die beiden, die den Wagen gefahren haben.“

Urs Haake bekam große Augen und einen starren Gesichtsausdruck. „Woher weißt du das?“

„Weil ich den Wagen vor dem Haus habe stehen sehen. Ich konnte auch ein Gespräch belauschen.“

„Zwischen wem?“

Randy berichtete ihm alles. Urs Haake saß plötzlich wie auf glühenden Kohlen. Er wurde immer bleicher, je mehr er hörte. Einige Male schüttelte er den Kopf, dann erschienen noch größere Sorgenfalten auf seinem Gesicht.

„So ist es gewesen, Herr Haake.“

„Du hast dich nicht getäuscht?“

„Nein, wirklich nicht. Wenn ich es Ihnen doch sage. Die könnten ebenfalls irgendwo hinter uns sein. Leider fuhr der Wagen noch. Ich habe mich auf den Zug schleichen müssen. Wenn sie mich erwischt hätten ...“

„Man hat dich nicht erwischt, und jetzt bist du bei uns. Zur Not können wir auch nachlösen.“

„Wenn du keine anderen Sorgen hast, Onkel Urs.“

„Doch, der BMW!“

„Ich könnte ja aussteigen und noch einmal die Reihe der Fahrzeuge abgehen“, schlug Randy vor.

„Das kommt nicht in Frage. Wenn man dich erwischt, wirft man dich sofort aus dem Zug.“

„Also fahren wir nach Brig?“

„Ja.“

Randy hatte sich auf der schmalen Rückbank umgedreht und schaute durch das Heckfenster.

Hinter ihnen stand ein Toyota. Zwei Frauen saßen darin und hatten das Radio eingeschaltet. Musikfetzen wehten aus den offenen Fenstern. Die Beifahrerin hob beide Hände und winkte Randy einige Male zu. Er grüßte zurück.

Leider konnte er nicht über die parkenden Wagen hinwegschauen, aber Susanne wollte es.

Obwohl ihr Onkel protestierte, öffnete sie die Tür, stieg aus und schaute zurück.

„Siehst du was?“ fragte Randy.

„Nein, manche Wagen sind einfach zu hoch. Und ausgestiegen ist auch niemand.“

„Setz du dich auch wieder hin“, sagte Herr Haake.

„Sollen wir nicht die Plätze tauschen?“ schlug Randy vor.

„Wieso?“

„Geh du nach hinten!“

„Was hat das für einen Sinn?“

„Wenn sie kommen, haben sie es dann mit zwei ...“

Susanne lachte prustend. „Wolltest du etwa Männer sagen?“

Herr Haake stellte sich auf Randys Seite. „Es ist wirklich besser, wenn ihr tauscht.“

„Gut!“ Susanne trat etwas zurück, damit Randy aussteigen konnte. Sie quetschte sich an ihm vorbei, kletterte in den Fond und beschwerte sich darüber, daß es so eng war.

Randy nahm auf dem Beifahrersitz Platz. Er hatte die Tür noch nicht richtig zugehauen, als ein Pfiff aufgellte. Das Zeichen zur Abfahrt. Sekunden später durchfuhr ein Schütteln die lange Kette der Wagen. Dann setzte sich der Zug langsam in Bewegung.

Die Reise durch den Tunnel begann...

Selbst Herr Haake saß in den ersten Sekunden da, ohne sich zu rühren. Die drei hingen ihren Gedanken nach, und jeder von ihnen war nervös geworden.

„Verspürst du auch so ein komisches Gefühl wie ich?“ meldete sich Susanne.

„Wie meinst du das?“

„Im Magen.“

Klar doch.“ Randy nickte. „Irgendwie sind wir auf der Flucht und gleichzeitig Gefangene. Von diesem Wagen kommen wir nicht mehr runter. Erst später, wenn er durch den Tunnel ist.“

Susanne beugte sich vor und legte ihre Hände auf die Rükkenlehnen. „Glaubst du denn, daß etwas passiert?“

„Man muß mit allem rechnen.“

Herr Haake griff ein. „Jetzt macht euch mal nicht gegenseitig verrückt. Bisher ist nicht sicher, daß uns die Verfolger im Nakken sitzen. Cool bleiben, sagt ihr doch immer – oder nicht?“

„Ja, schon.“

„Na also.“

Ihre Unterhaltung schlief ein. Susanne hatte sich schräg gesetzt und die Beine hochgelegt. So konnte sie aus dem Seitenfenster und gleichzeitig durch die Heckscheibe schauen.

Randy blickte nach rechts.

Sie hatten den Bahnhof mittlerweile verlassen. Rumpelnde und quietschende Geräusche begleiteten die Fahrt. Am Zug brannten Positionsleuchten. Sie wirkten wie ferne, geheimnisvolle Sterne in der Unendlichkeit des Weltraums.

Der Himmel hatte eine blaugraue Farbe angenommen. Auch der Mond war schon aufgegangen. Wie eine ausgeschnittene Sichel stand er über den Bergen, zum Greifen nahe.

„Toll nicht?" meldete sich Susanne.

„Was ist toll?"

„Die Fahrt."

Randy lachte. „Denkst du nicht mehr an den Totengräber und diese Verräterin?"

„Die können mir im Moment gestohlen bleiben. Ich rechne fest damit, daß wir hier sicher sind."

„Irren ist menschlich."

„Bäh ..." Sie streckte Randy die Zunge heraus, obwohl er es nicht sehen konnte. „Du nimmst einem auch jede Freude. Manchmal bist du richtig eklig."

„Streitet euch nicht!" mischte sich Herr Haake ein.

„Das ist kein Streit, Onkel Urs. Jungen sind eben so komisch."

„Aber Mädchen nicht, wie?" gab Randy zurück.

„Nein, wir sind besser."

„Ihr seid oft genug zickig."

„Auch deine Ela?" fragte Susanne spitz.

„Was hat die denn damit zu tun?"

„Ich meine nur."

„Bist wohl sauer auf sie, wie?"

„Ha, ha! Wie könnte ich auf eine Person sauer sein, die dich zum Freund hat. Das ist schon Strafe genug."

„Und was sagt eine Gesunde?"

„Soll das so weitergehen?" erkundigte sich Herr Haake.

„Nein, nein, Onkel Urs, wir ..."

Randy unterbrach Susanne mit einer Frage. „Wie weit ist es noch, bis wir den Tunnel erreichen?"

Herr Haake hob die Schultern. „Es dauert nicht mehr lange." Er deutete nach rechts und dann nach links. „Was du hier siehst, sind die letzten Häuser, die noch zu Kandersteg gehören. Die Lichter geben uns praktisch den Abschiedsgruß des Berner Oberlandes. Danach fahren wir in einen anderen Kanton, in das Wallis."

„Wird da nicht französisch gesprochen?“

„Richtig, zum größten Teil, aber wo wir herauskommen, redet man noch Schwyzerdeutsch.“

„Gleich sind wir am Tunnel!“ meldete sich Susanne. Ihre Stimme zitterte etwas, als hätte sie Angst davor, in das dunkle Loch zu fahren. Die Gegend wirkte auch umheimlich. Die Berge standen jetzt quer. Eine riesige dunkle Masse schien sie verschlucken zu wollen. In sie hinein rumpelte der Zug.

Ein schriller Pfiff wehte gegen die Wand und kehrte als Echo zurück. Im nächsten Augenblick war die Lok verschwunden, dann die ersten Wagen – und schließlich auch der, auf dem der Polo stand.

Schlagartig breitete sich die Finsternis aus. Urs Haake hatte davon gesprochen, daß man die Hand kaum vor Augen sehen würde. Er hatte recht gehabt. Es war stockfinster, bis in den Wagen vor ihnen die Innenbeleuchtungen angeschaltet wurden. Auch Herr Haake knipste das Lämpchen im Polo an.

Aber nicht nur die Lichtverhältnisse hatten sich verändert, auch die Fahrgeräusche waren anders geworden. Randy hatte auf der rechten Seite das Fenster eine Handbreit nach unten gekurbelt. Zwischen dem Zug und der Tunnelwand preßte die Geschwindigkeit die Luft zusammen, so daß sie zischend und pfeifend die Wagen entlangschoß.

Hin und wieder ließ das Zischen nach, wenn der Zug an einer schwach beleuchteten Nische vorbeiglitt oder an den schmalen Notausgangen, die ebenfalls vorhanden sein mußten.

„Wie fühlst du dich, Randy?“ Susanne sah den Jungen von der Seite an.

„Nicht gerade blendend.“

„Mir ergeht es ebenso.“

„Keine Sorge, Kinder. Unfälle sind hier noch nicht vorgekommen. Die Bahn ist sicher, glaubt mir.“

„Klar, Onkel Urs.“

In den nächsten Sekunden schwiegen sie. Ihre Augen hatten sich jetzt an die Finsternis draußen gewöhnt. Sie konnten den vor ihnen stehenden Wagen erkennen und auch die Pfosten der Metallgitter an den Waggonseiten. Das Gefühl des Gefangenseins aber blieb. Hinzu kam die Ungewißheit, ob die Verfolger sich ebenfalls auf dem Zug befanden oder nicht.

Herr Haake wollte seine beiden Schützlinge etwas ablenken und erkundigte sich bei Randy, ob er wirklich in einem Schloß wohnte.

„Das stimmt. Nicht weit vom Rhein weg. Wir können fast in den Fluß spucken."

„Muß toll sein."

„Da haben Sie recht, Herr Haake."

„Und dein Vater ist Ingenieur?"

„Ja, eine Art Privatwissenschaftler, auch Erfinder. Er arbeitet außerdem für den Staat und mit vielen Industrieunternehmen zusammen. Der hat immer eine Menge zu tun."

Daß Dr. Ritter hin und wieder für den Geheimdienst Aufgaben übernahm, verschwieg Randy. Das brauchte nicht jeder zu wissen. Auch er hatte es erst vor kurzem erfahren.

„Meine Nichte berichtete mir auch von einem japanischen Freund, der bei euch lebt."

„Das ist Toshikiara."

„Wie bitte?"

„Wir nennen ihn Turbo."

Herr Haake lachte. „Ist auch besser. Ich wundere mich nur..."

„Onkel Urs..." Die Stimme des Mädchens klang plötzlich wie eine dumpfe Warnung.

„Was ist denn?"

Susanne beugte sich vor. Jetzt war auch ihr Gesicht wie ein schwacher, blasser Fleck zu erkennen. „Ich... ich glaube, da ist jemand neben unserem Wagen!"

„Unsinn!"

„Doch, ich wäre dafür, wenn ihr die Türen verriegelt und..."

Es war zu spät. Niemand hatte Susannes Worte so recht ernst genommen. Dabei wäre es besser gewesen, auf sie zu hören. Der Schatten war tatsächlich da, und er war auch verflixt lebendig, denn plötzlich wurde mit einem heftigen Ruck die Beifahrertür aufgerissen.

Es war der Totengräber, der geduckt zwischen dem Polo und dem seitlichen Geländer des Wagens stand.

Sein Gesicht sah aus, als hätte jemand einen weißlich-gelben Totenschädel in die Luft gemalt...

12. Der Kampf im Tunnel

Randy, Susanne und auch deren Onkel waren so überrascht, daß sie zunächst nichts taten und nur starr auf ihren Plätzen hockenblieben. Krapka genoß die Überraschung, die sich noch einmal verstärkte, denn an der Fahrerseite riß ebenfalls jemand die Tür auf.

Eine Frau mit blonden Haaren schaute in den Wagen – Betty Lange. Ihr Lächeln verhieß nichts Gutes, und sie war es auch, die sprach. „Da hätten wir ja alle zusammen..."

„Was wollen Sie?" fragte Urs Haake, der seine Sprache als erster wiedergefunden hatte.

„Müssen wir Ihnen das noch sagen?"

„Verschwinden Sie! Es ist verboten, den Wagen während der Fahrt zu verlassen. Wenn wir angekommen sind, werde ich..."

„Sie werden gar nichts", sagte die Blonde. „Sie werden nur genau das tun, was wir Ihnen sagen."

„Daran denke ich nicht."

Betty Lange stieß zwei Finger vor. Sie traf Herrn Haake, so daß dieser aufstöhnte und zusammensackte. Sein gepreßtes Atmen zeigte an, daß er Schmerzen hatte.

„Was haben Sie da gemacht?" rief Susanne. „Sie... Sie..."

„Halte deine Klappe, Mädchen!"

Randy schrak plötzlich zusammen, als ihm der Totengräber eine Hand auf die Schulter legte. „Sage deiner kleinen Freundin, daß sie uns den Plan geben soll. Sofort!"

„Ich habe ihn nicht!"

Betty Lange beugte sich tiefer in den Wagen. Sie hatte schon ausgeholt, um Susanne ins Gesicht zu schlagen, als Randy eingriff und seine Handkante gegen ihren Arm hämmerte.

Der Hieb verfehlte das Mädchen und traf nur die Polsterung an der Rückseite.

Dafür erwischte es Randy. Krapka drückte seine langen, kräftigen Finger in Randys Nacken, so daß er das Gefühl hatte, als wären ihm Speichen in die Haut gepreßt worden. Randy konnte nicht anders. Er mußte dem Druck nachgeben und sich nach vorn beugen.

„Den Plan...“

„Okay, Susanne, okay. Gibt ihn her. Es hat keinen Sinn mehr. Gib ihn der Frau!“ keuchte er.

Susanne zögerte noch. Krapka drückte fester zu. Er lachte dabei böse und teuflisch.

Über lange Zeit hatten Randy und Susanne es verstanden, die Verbrecher zu leimen und hinzuhalten. Sie waren der Falle aus dem Jenseits-Expreß entkommen, doch hier gab es kein Entrinnen mehr.

Das wußte auch Susanne Nollen, als sie unter ihre Jacke griff und nach dem Umschlag tastete.

„Los, beeil dich!“ Betty Lange streckte ihre Hand aus und schnalzte ungeduldig mit den Fingern.

„Ja, hier!“ Susanne riß ihn hervor. Sie hatte Tränen in den Augen. Ihre Stimme klang erstickt.

Betty Lange lachte auf. Sie starrte auf den hellbraunen Umschlag. „Das ist er!“ girrte sie, „das ist er. Wir haben gewonnen, Krapka!“

„Das mußte auch so sein.“ Er ließ Randy los, der sich hochsetzte und tief Luft holte.

„Dann wünsche ich noch eine gute Reise“, erklärte Betty Lange, bevor sie verschwand.

Auch der Totengräber zog sich zurück. Randy, Susanne und Urs Haake blieben sitzen.

Der Mann stöhnte noch immer und hielt seine Hände gegen den Leib gepreßt. „Dieses Weib!“ keuchte er. „Dieses verflixte Weib. Damit habe ich nicht gerechnet.“

„Tut es sehr weh, Onkel Urs?“

„Es läßt sich zur Not aushalten.“ Er würgte etwas, und Susanne streichelte seine Schultern. Sie schaute dabei auf Randy, der seinen Nacken rieb. „Tut mir leid, aber ich konnte nicht anders handeln.“

„Klar doch. Hätte ich auch nicht getan. Man kann eben nicht immer Glück haben.“

„Was sollen wir jetzt machen?“

Randy gab keine Antwort. Er überlegte. In seinem Hirn entstand so etwas wie ein Plan. „Man müßte es ihnen schwer machen. Wir sollten uns etwas einfallen lassen“, murmelte er leise vor sich hin.

Bevor ein anderer nachhaken konnte, tat Randy etwas, das streng verboten war.

Er öffnete die Tür und rollte sich aus dem Polo. Susannes erschreckter Ruf erreichte ihn zwar noch, doch darum kümmerte er sich nicht. Er stieß die Tür zu und kroch auf dem Boden der Wagen in die Richtung, in die der Totengräber und Betty Lange verschwunden waren. Es war gefährlich, das wußte er, deshalb wollte er sich auch nicht aufrichten.

Zur Tunnelwand hin deckten ihn zwar die starken Metallplatten, dennoch nahm ihm die gepreßte Luft fast den Atem. Hier draußen waren die Schüttelbewegungen noch stärker, und er mußte aufpassen, daß er nicht gegen die Autos geschleudert wurde. Immer geduckt, damit ihn niemand sah, schlich er vorsichtig die Wagenschlange entlang.

Den Toyota hatte er bereits ungesehen passiert. Es folgte ein Ford, danach ein hoher Geländewagen, nur den roten BMW konnte er nicht entdecken. Er wußte auch nicht, wann die Zugfahrt beendet war, Randy setzte in diesem Moment alles auf eine Karte.

Drei Wagen gab er sich noch, dann wollte er umkehren.

Der erste, der zweite, dann der dritte. Wieder war es nicht das gesuchte Fahrzeug.

Allmählich wurde er nervös.

An die Außengeräusche hatte er sich inzwischen gewöhnt. Schemenhaft huschten die Lichter der Tunnelbeleuchtung vorbei. Er hob den Kopf etwas an und sah vor sich ein Fahrzeug, in dem ebenfalls die Innenbeleuchtung brannte.

Es war der BMW!

Randy konnte sogar die beiden Insassen erkennen. Wie immer hockte Betty Lange hinter dem Lenkrad. Neben ihr saß der Totengräber. Er hatte sich zur Seite gebeugt.

Betty Lange sprach zu ihm. Die Lippen waren dabei zu einem triumphierenden Grinsen verzogen.

Randy bekam mit, wie sie den Umschlag öffnete, hineingriff und einen zusammengefalteten Bogen Papier hervorzog.

Das also war der *Geheimplan Lemuria.* Erkennen konnte Randy nichts. Er sah nur das Papier, das die Frau auseinanderfaltete und mit der Hand glattstrich.

Randy konnte sich nicht vorstellen, worum es bei diesem *Geheimplan Lemuria* ging.

Mit dem sagenumwobenen Kontinent Lemuria, der vor langer Zeit versunken sein sollte, hatte es nichts zu tun. Es war üblich, gewissen Erfindungen außergewöhnliche Bezeichnungen zu geben. Hier hatte man den Namen Lemuria verwendet.

Randy sah, wie sehr die beiden sich freuten. Das wiederum wurmte ihn noch mehr. Heiße Wut kochte in ihm hoch. Er kroch noch näher an den BMW heran.

Angst vor einer Entdeckung brauchte er nicht zu haben. Beide waren zu sehr mit sich und dem Plan beschäftigt. So gelang es Randy, sich seitlich an den Wagen heranzuschieben.

Und wie schon vor dem Haus, so griff er abermals zu einem altbekannten Mittel.

Er ließ die Luft aus den anderen beiden Reifen. Das Zischen war kaum zu vernehmen, es wurde völlig von den Fahrgeräuschen überdeckt.

So schnell wie möglich zog sich Randy zurück. Bestimmt würden die beiden merken, was mit den Reifen geschehen war. Bis sie handeln konnten, hatte der Zug den Tunnel längst passiert.

Rasch lief er zum Polo zurück. Als er die Tür aufzog und sich auf den Beifahrersitz fallenließ, empfing ihn Urs Haake mit schweren Vorwürfen.

„Sag mal, bist du von allen guten Geistern verlassen und lebensmüde? Du kannst doch nicht während der Fahrt ..."

„Doch, ich mußte es tun."

„Was denn?"

„Ich habe den Wagen gefunden und ihnen die Luft aus den Reifen gelassen."

Herr Haake war sprachlos.

Susanne aber schlug sich auf die Schenkel. „Wie ich es gedacht und auch gesagt habe, Onkel Urs. Das ist echt eine Schau. Randy hat Ideen, glaub mir."

Herr Haake konnte nur nicken und fragte dann: „Hat es denn geklappt, Junge?"

„Gut sogar." Randy deutete nach vorn, wo sich ein grauer Fleck abzeichnete. „Das Tunnelende!" jubelte er.

„Stimmt."

„Jetzt bin ich nur gespannt, ob die beiden den Zug in Goppenstein verlassen?"

„Glaube ich nicht."

Susanne rutschte unruhig auf der Sitzbank hin und her. „Weshalb nicht?"

„Die wollen soviel Abstand wie möglich hinter sich und Kandersteg bringen."

„Mal sehen."

Auch Herr Haake hatte sich wieder erholt. Zwar verzog er nach wie vor das Gesicht, aber die Schmerzen hielten sich in Grenzen. „Wenn ich die Frau erwische, drehe ich ihr den Hals zum Korkenzieher."

Niemand lachte. Sie waren einfach zu gespannt. Der Zug verlor an Geschwindigkeit. Er rollte in eine Kurve hinein, die aus dem Tunnel führte. Vor ihnen leuchteten bereits die Lichter des Bahnhofs Goppenstein.

Das Rütteln unterbrach Randys Gedanken. Der Zug verlor noch mehr an Tempo. Die ersten Gebäude des Bahnhofs glitten vorbei. Eine Normaluhr leuchtete hell. Signale sahen aus wie dicke Arme aus Eisen. Die Schienen glänzten matt.

Rechts und links ragten steile Felshänge empor. Goppenstein liegt in einem sehr engen Tal.

Lichter blinkten, wieder schrillte eine Signalpfeife. Auf einem Nebengleis stand ein Gegenzug.

Die Lampen des Bahnhofs kamen näher, erfaßten die ersten Wagen des Autoreisezugs.

Endlich stand er.

Darauf hatte Randy nur gewartet. Er wollte sehen, ob die beiden den Zug verließen. Mittlerweile mußten sie bemerkt haben, daß sie nicht mehr fahren konnten. Da blieb ihnen nur noch die Flucht.

Tatsächlich!

Randy war nicht allein aus dem Wagen gestiegen. Auch Krapka und Betty Lange hatten den BMW verlassen. Die Frau hämmerte soeben die Fahrertür zu und schaute zu dem Jungen hinüber.

Ob sie ihn gesehen hatte, konnte er nicht sagen. Jedenfalls kümmerte sie sich nicht um ihn, sondern sprang als erste über das Geländer hinweg, und Krapka folgte ihr.

Randy überkletterte die Barriere ebenfalls. Er hörte nicht hin, was ihm Susanne nachrief. Er befand sich schon auf dem Bahnsteig und sah gerade noch, wie Krapka und die Frau auf den Ausgang zuhetzten. Sie umrundeten ein kleines Haus, übersprangen Gleise und waren im nächsten Augenblick untergetaucht.

Randy schlug die gleiche Richtung ein. Er wollte unbedingt mitkriegen, was sie vorhatten.

Kaum hatte er den Bahnhof verlassen, als er über sich ein Knattern und Flappern vernahm.

Ein Hubschrauber hatte die Gebirgskette überflogen und setzte zur Landung an.

Er war mit einem Suchscheinwerfer ausgerüstet, dessen breiter Strahl aus seinem „Bauch" hervorstach und über die Fläche am Bahnhofsvorplatz glitt, wo zwei Uniformierte standen und winkten.

In der Zwischenzeit waren Betty Lange und Krapka weiter geflüchtet und hatten eine Reihe von abgestellten Wagen erreicht. Ein Mann, der hier geparkt hatte, war dabei, zu seinem Auto zu gehen, als Krapka reagierte.

Urplötzlich erschien er vor dem schreckensstarren Mann und ließ ihn in die Mündung seiner Waffe blicken. Bevor dieser sich versah, hatte Betty ihn schon mit einem heftigen Stoß über eine Kühlerhaube eines daneben parkenden Fahrzeugs geschleudert und ihm die Autoschlüssel für seinen Renault 5 aus der Hand gerissen.

Sie selbst öffnete die Tür, warf sich hinter das Steuer und startete. Im gleichen Augenblick setzte der Hubschrauber nicht weit entfernt auf.

Randy wußte nicht, was es zu bedeuten hatte, doch die beiden Polizisten liefen wild gestikulierend auf den Hubschrauber zu.

Dessen Einstieg schwang nach außen. Eine Gestalt erschien geduckt in der Öffnung. Ein blonder Mann, dessen Haare durch den Rotorwirbel hochgerissen wurden.

„Vatiiiii!" brüllte Randy und rannte los...

13. Die Hetzjagd

Ob man ihn gehört hatte, was bei dem Lärm kaum wahrscheinlich war, konnte Randy egal sein. Für ihn zählte nur, daß sein Vater lebte und gesund war.

Soeben startete der R5 mit kreischenden Reifen. Er rollte unter Mißachtung aller Verkehrsregeln auf dem kürzesten Weg der kurvenreichen Straße entgegen, die hinunter ins Tal der Rhone führte.

Mit beiden Händen winkte der Junge, um auf sich aufmerksam zu machen. Erst als Dr. Ritter schon zu Boden springen wollte, sah er seinen Sohn. Diesmal war er es, der einen Namen schrie, aber Randy hatte keine Zeit zu verlieren.

„Die beiden sind geflüchtet!“ schrie er und duckte sich unter dem Luftwirbel.

„Wohin?“

„Ins Tal. Mit einem R5.“

Die Polizeibeamten standen daneben und begriffen nichts. Dr. Ritter aber streckte Randy die Rechte entgegen. „Los, Junge, rein in den Hubschrauber.“

„Und dann?“

„Wir nehmen die Verfolgung auf.“

Das war etwas für Randy. Schnell kletterte er in die Maschine, wo er sich hinter dem Piloten auf einen freien Platz setzte und sich anschnallte. Als der Pilot den Kopf drehte, sah Randy in das Gesicht von Alfred.

„Du auch?“

„Klar doch."

„Mensch." Randy rieb seine Hände. „Jetzt geht es aber rund. Die kriegen wir."

Dr. Ritter hämmerte schon die Tür zu. „Und ob", sagte er, bevor er sich auf dem Sitz des Co-Piloten niederließ.

„Na denn", sagte Alfred und startete...

Innerhalb von wenigen Sekunden hoben sie ab und gewannen sehr schnell an Höhe. Randy, der aus dem Fenster schaute, sah den Bahnhof rasch kleiner werden.

Aber auch die dunklen Steilhänge der Berge erschienen plötzlich wie düstere Mäuler, als wollten sie den Hubschrauber fressen. Wer hier flog, mußte schon ein guter Pilot sein.

Das war Alfred.

Wie Dr. Ritter und er es geschafft hatten, den Hubschrauber zu bekommen, das war sicherlich eine Leistung. Mit gewissen Beziehungen ging eben alles.

Und sie waren noch schneller gewesen als der Zug. Dr. Ritter drehte sich zu seinem Sohn hin. „Alles klar, Randy?"

„Ja, Vati... aber zu Hause?"

„Ist die Welt auch wieder in Ordnung. Ela und Turbo müssen sich toll benommen haben."

„Wie denn?"

„Das erfahren wir später."

Alfred hob eine Hand. „War es genau die Straße, die in Richtung Leuk führt, Randy?"

„Ja."

Alfred nickte. „Die ist verflixt kurvig. Da muß man schon fahren können, aber leider auch fliegen."

„Das schaffst du doch, Alfred."

„Klar, eine meiner leichtesten Übungen. Jahrelang selbst Helikopter gewesen."

Er schaltete den Suchscheinwerfer auf die hellste Stufe und folgte dem Verlauf der Straße. Großartig abkürzen konnte er nicht, weil die Steilhänge zu dicht an die Fahrbahn heranreichten und Gefahr bestand, daß sie dagegenprallten und zerschellten.

Der nach allen Richtungen steuerbare Suchscheinwerfer bewegte seinen Lichtkegel über das graue Band der Fahrbahn, das sich wie der breite Körper einer Schlange in die Tiefe wand. Fahrzeuge waren kaum unterwegs. Nur tief unten im Tal, wo auch Leuk lag, blinkten Lichter.

Wo steckte der Renault?

Der Wagen hatte einen gewissen Vorsprung. Die Hälfte der Strecke konnte er bereits hinter sich gelassen haben. Kein anderes Fahrzeug war unterwegs, wie Randy feststellte, als er durch die Plexiglasverkleidung schaute.

Kurvenreich führte der Weg hinein ins Tal der Rhone. Er drehte sich um Vorsprünge, lief in ganz enge Kurven, die gleichzeitig noch abfielen, wie bei einem Paß.

„Da ist er!" schrie Randy. Er hatte jetzt das wandernde Scheinwerferpaar tief unter ihnen gesehen. Der Wagen rollte soeben in eine scharfe Linkskurve und mußte abgebremst werden, wenn der Fahrer sie glatt nehmen wollte.

Dadurch holte Alfred auf. Er konnte sogar noch abkürzen und ließ den Helicopter etwas absacken.

Damit hatte Randy nicht gerechnet. Plötzlich stieß vom Magen her ein Kloß in seine Kehle, und Alfred legte die Maschine noch in eine Linkskurve, wobei sie weiterhin an Höhe verlor.

Der Suchscheinwerfer tastete sich vor. Noch zuckte er an seinem Ziel vorbei, doch Randy glaubte fest daran, daß sie die Verfolger entdeckt hatten.

„Gleich packen wir sie!" schrie Dr. Ritter.

Alfred ging aufs ganze. Er erhöhte die Geschwindigkeit, verlor noch mehr an Höhe und schwebte plötzlich über dem R5, der die Kurve verlassen hatte.

Voll traf der große Lichtkegel den Wagen. Er leuchtete ihn an und auch aus, als wollte ein Action-Regisseur eine Filmszene drehen.

Betty Lange gab Gas. Das konnte sie sich erlauben. Die Fahrbahn war an dieser Stelle gut ausgebaut und führte als Gerade weiter.

So sehr sie auch auf das Pedal drückte, dem Hubschrauber konnten die beiden nicht entkommen.

Alfred, ein perfekter Pilot, blieb mühelos dran. Er ließ das Ziel nicht aus dem Kegel entwischen.

Randy überlegte, wie den beiden wohl zumute sein mußte. Freuen würden sie sich bestimmt nicht. Auch er hatte vor Aufregung feuchte Hände bekommen. Das war wie im Kino, so richtig nach seinem Geschmack.

Die nächste Kurve erschien! Eine sehr gefährliche Ecke, da sich hier die Straße um eine vorspringende Felsnase wandte.

Da mußte Betty Lange schon ihr ganzes fahrerisches Können aufbieten, um die Kurve gut zu nehmen.

Gleichzeitig hatte der Totengräber an der anderen Seite die Scheibe nach unten gekurbelt. Er streckte seinen Arm, den Kopf und einen Teil seines Oberkörpers hinaus.

Im Licht des Scheinwerfers war deutlich zu sehen, daß er in der rechten Hand eine Pistole hielt.

Er wollte die Verfolger abschießen...

Dicht flog der Hubschrauber über den Wagen hinweg. Schußsicheres Glas besaß er sicher nicht.

Krapka schoß auch, traf aber nicht, da ihn der Lichtkegel zu sehr geblendet hatte.

Wütend bewegte er seinen Mund. Das Fluchen hörte Randy nicht. Dafür zog Betty Lange den R5 in die Kurve hinein. Eng, sehr eng wurde es. Krapka zog sich rasch zurück, auch Alfred mußte der Kurve folgen, holte weiter aus, schaffte es – und da war es passiert.

Zwar rollte der Wagen noch auf der Straße entlang, aber die Felsnase hatte zu weit vorgestanden und Betty Lange war darauf wohl nicht gefaßt gewesen. Jedenfalls sah ein Teil der Kühlerschnauze aus wie eine Ziehharmonika. Auch die Vorderachse mußte in Mitleidenschaft gezogen worden sein, denn es bereitete der Frau Schwierigkeiten, das Auto zu lenken.

Es schlingerte über die Fahrbahn. Einmal nach rechts, sehr nahe an die Felswand heran, dann wieder nach links, wo sich die Leitplanke befand und dahinter der Abgrund.

Und dann verlor Betty Lange die Gewalt über das Lenkrad. Sie bekam den R5 nicht mehr in die Spur. Der Wagen driftete nach links weg und prallte gegen die Planke.

Sekunden des Schreckens dehnten sich zu langen Zeitspannen. Die Planke gab plötzlich nach, sie drückte sich nach außen, es sah so aus, als würde sie brechen und das Fahrzeug in die Tiefe entlassen.

Das geschah glücklicherweise nicht.

Im letzten Augenblick wurde der Renault wieder zurückgeschleudert und geriet auf die Straßenmitte, wo er sich noch einmal halb drehte und dann stehenblieb.

Ein Stück dahinter nahm die Straße an Breite zu.

Während Dr. Ritter bereits über Funk mit der Kantonspolizei telefonierte, setzte Alfred zur Landung an.

Butterweich schaffte er es, den Hubschrauber auf die Kufen zu stellen. Die Positionsleuchten ließ er brennen, als er den Einstieg aufstieß und auf die Straße sprang.

Dr. Ritter folgte ihm, als letzter verließ Randy die Maschine. Alfred hatte den Wagen bereits erreicht und die Fahrertür aufgezerrt. „Sie leben beide noch, sind nur angeschlagen!" rief er Vater und Sohn entgegen.

„Und der Plan?" schrie Randy.

Alfred lachte laut und deutlich. Er hob den rechten Arm. Zwischen den Fingern hielt er den *Geheimplan Lemuria*.

„Den haben wir wieder!"

„Zum Glück!" rief Peter Ritter. Im nächsten Augenblick umarmte er seinen Sohn so heftig, als wollte er ihn erdrükken...

Eine halbe Stunde später war die Straße längst abgesperrt worden. Es wimmelte von Polizei. Die Beamten kümmerten sich um Betty Lange und den Totengräber.

Beide waren bewußtlos gewesen und jetzt wieder erwacht. In Handschellen führte man sie zu einem ausbruchsicheren Wagen. Was mit ihnen geschah, würden die Richter entscheiden. Sicherlich gab es ein langes und kompliziertes Verfahren.

Randy stand etwas abseits. Er hatte sich mit dem Rücken an die Felswand gelehnt. Über ihm wuchsen Sträucher. Mit ihrem Wurzelwerk klammerten sie sich in dem Gestein fest.

Allmählich ließ auch bei ihm die Anspannung nach. Er konnte es noch nicht so recht begreifen, daß die Jagd nach dem *Geheimplan Lemuria* ein Ende gefunden hatte.

Noch immer wußte er nicht, weshalb dieser Plan so umkämpft worden war. Randy bekam seinen Vater in einer Pause zu sprechen und erkundigte sich danach.

Dr. Ritter lächelte. „Du weißt es wirklich nicht?"

„Nein!"

„Dann werde ich ihn dir zeigen." Er holte den Plan aus der Innentasche und gab ihn Randy.

Der schaute ihn sich an und schüttelte den Kopf. „Wieso, Vati? Ist das der Plan?“

„Aber das ist doch nur ein Stück Papier.“

„Ich weiß.“

„Ohne Zeichnungen oder Berechnungen und so.“

„Stimmt.“ Dr. Ritter lächelte.

„Komm, Vati, du willst mich auf den Arm nehmen. Das ist bestimmt der falsche Plan.“

„Ist er nicht, mein Sohn. Genau um dieses Papier ist es mir und auch den Industriespionen gegangen. Dieses Papier ist insofern etwas völlig Neues und Besonderes, weil es sich nämlich nicht fotokopieren läßt. Eine Novität – noch ...“

„Nicht fotokopieren?“ staunte Randy.

„So ist es. Denk mal weiter. Das bedeutet für geheime Unterlagen, daß es sie wirklich nur einmal gibt. Regierungen sind daran interessiert, aber auch Geheimdienste. Wir haben den Vorsprung. Jo Wilms und seine Firma sollten die Lizenz bekommen, aber da spielte die Kollegin nicht mit. Frau Lange tat sich mit der Konkurrenz zusammen. Was dabei herauskam, hast du ja am eigenen Leib erlebt.“

Randy schüttelte den Kopf. „Und alles nur wegen eines Stück Papiers. Manchmal ist das Leben schon komisch, Vati.“

Flughafen Düsseldorf!

Die Maschine aus Zürich landete pünktlich auf die Minute. Unter den Menschen, die auf die Passagiere warteten, befanden sich auch Marion Ritter, Ela und Turbo.

Inzwischen hatten sie einige Male mit dem Rest der Familie in der Schweiz telefoniert und erfahren, daß alles glücklich verlaufen war. Jetzt gab es für die drei kein Halten mehr.

Sie stürzten auf Dr. Ritter, Randy und Alfred zu, umarmten einander, und schämten sich nicht, daß sie Tränen vergossen.

Randy, Turbo und Ela führten Freudentänze auf. Jeder wollte seine Erlebnisse zuerst loswerden, so kam es zu einem sprachlichen und akustischen Chaos.

Bis Marion Ritter schlichtend eingriff und erklärte, daß sie alle zum Essen beim ‚Japaner‘ einladen wollte.